八十八年目の機嫌

宮原昭夫

冬花社

八十八年目の機嫌◎目　次

I

Ⅱ

Ⅲ

カバーオブジェ　宮原青子
装　幀　大槻慎二

八十八年目の機嫌

I

際限のない追いかけっこ

朝、仕事部屋に向って家を出る。身体は厚着しているから、さほどでもないが、自転車のハンドルを握る指先が冷たい。急いで手袋を出して嵌める。すると、今まで感じなかったのに急に頭のてっぺんがすうすうしてくる。そうだ帽子を忘れていた、と荷籠に放り込んでおいたハンチングをかぶる。とたんに、それまでなんともなかった耳が千切れるように冷たく痛みだす。あわてて毛皮の耳当てをポケットから引っ張り出して装着する。にわかに寒気で鼻が痛くなる。やむなくガーゼのマスクを掛ける。やっとほっとしていると、今度は寒風に目玉が痛くなってくる。

問題は、手袋をはめないうちは頭の寒さに気が付かず、帽子をかぶるまでは耳は痛くない……という点にある。つまり、手が冷たい間は、頭も耳も鼻も目もさして苦痛ではないのだ。それなのに、一つ苦痛が除去されると急に次の苦痛に気付く。

なにかこれに似た話がほかにもあったな、と考えていたら、先日ふと目にした記事を思い出した。それは美容整形手術の話だった。専門医の話によると、例えば鼻の形を美しく整形した人は、ほとんど必ず今度は目の形が気になってくるものだそうだ。そして、目を直すと、とたんに口の形が気に入らなくなってくる。口を直せば耳、耳を直せば頬骨、顎、額、生え際、襟足……と際限もない。はては脚、バスト、ヒップ……と飛び火して、まさにシジフォスの永劫の苦役さながらだ。ご当人がもし、なんの整形もせずにいたら、悩みは鼻一つだけで済んだろうに。

そしてこの悪循環は、当人が「愛されるよろこび」でなく「愛するよろこび」を発見した時に、初めて終るのだ、という。

（公明新聞　一九九二年一月七日）

ＤＮＡのコピー

コピー機を利用する際、或る図形なり文字なりをコピーして、そのオリジナルの方でなくコピーした方をまたコピーし、そのコピーをまたコピーし……というふうに繰り返してゆくと、初めシャープだった線や図形が次第にぼやけて行き、毛ばだったようになって行くのは、誰しも経験があることだろう。

話が飛躍するが、人間の身体は、古い細胞が常に少しずつ分解廃棄され、絶えず新しい細胞に取り換わっている。そしてその際は、古い細胞のＤＮＡ（遺伝子）が新しい細胞にコピーされる。それによってまえと瓜二つの細胞として再生されるのだ。

ところで、人間は七年経つと、身体じゅうの細胞がぜんぶ入れ換わって新しくなる、と聞いた憶えがある。だとしたら私などは、過去にもう八回も身体じゅうの細胞が〝全取っ換え〟になっている勘定だ。言いかえればすべてのＤＮＡのコピーをまたコピーし、そのコピーをまたまたコピーし……ということを八回も繰り返している、ということだ。きっと私のＤＮＡのコピーは、もう随分とぼやけて毛ばだっていることだろう。

　ＤＮＡはいわば身体の設計図だから、設計図がぼやければ、製品にガタがくるのは当然だ。つまり私の身体のあちこちにガタがくるのは当然、というわけだ。人間の老化とは、そういうことだ、という説がある。

　ところで、美術の世界では、或る線や図形をコピーし、そのコピーをコピーし……と繰り返し、わざとぼやけさせ毛ばだたせることで、芸術的味わいを出そうとする手法がある、と聞いた。……なるほど、人間の枯淡とか円熟とかいった味わいもまた、もしかしたらＤＮＡのぼやけや毛ばだちから生まれるのかも知れないですね。

（公明新聞　一九九二年三月三日）

聳え立つ銅像

少年時代、私は西郷隆盛と井伊直弼の銅像が不審でならなかった。

時代は太平洋戦争中で、国をあげて皇国史観一色の世の中だった。学校で、終始徹底的に教え込まれていたのは、この世の中で一番の悪人は、天皇陛下に逆らう人間だ、ということだった。

ところで西郷隆盛という人は、西南の役で皇軍と戦った賊軍の大将だ、と授業で教わった。つまり当時の価値観では、彼は一番悪い人のはずだった。それなのに、その人の銅像が東京の、上野駅前に堂々と立っていて〝西郷さんの銅像〟として親しまれているというのは、私にはどうにも不審にたえなかった。

また、横浜生まれの私にとって、野毛山にある井伊掃部頭直弼の銅像も、同様に納得のいかないものだった。なにしろ学校の歴史の時間に習った彼の名前は、安政の大獄で勤皇の志士たちを大量に処刑した張本人で、しかも鎖国中だった日本を、天皇の許しもなしに勝手に開国した不忠者として私たちは教わっていた。

その彼の銅像が、横浜の真ん中の丘の上の公園に麗々しく建っていて、横浜市民にとっては、彼は開港の恩人とされており、その公園は〝カモンヤマ〟と呼ばれて市民に愛好されている。少年の私には、それがこの上もない矛盾に思えて、人知れず悩んだものだった。

ところでいまの私にとっては、むしろそんな矛盾が、一種の安堵感を呼びさます。あんなに一時的な、偏った、しかし狂気のように熱っぽく世の中を覆いつくしていた皇国史観のまっただ中でも、平然として西郷隆盛や井伊直弼の銅像をそびえ立たせていた日本の市民たちの、あのしたたかな〝平常心〟に、いまの私は敬意を表したいと思う。

（公明新聞　一九九二年四月四日）

若気の至り

　思えば私たちも若かった。当時藤沢市片瀬のアパートで一人住いをしていた私のもとに、いまは亡き阿部昭氏が立寄ってくれて、昼間から飲み始めたことがあった。二人ともまだ新人作家と呼ばれていた頃だ。

　飲むうちにいい気分になり、もうひとはしゃぎしたくなった頃、幸か不幸か、某新聞の拡張員の青年が勧誘に来訪した。

　――いやあ、いいところへ来た――と、私たちは大歓迎し、有無を言わさず、居間の酒盛りの場へ、見ず知らずの彼を招き入れた。拡張員氏は、あっけにとられたように、もじもじと屋内へ上がり込んで来たが、私たちの勧めるビールなどを、初めはかしこまって、コップに受けていたが、やがてすっかりいい機嫌になってきて、私たちの、新聞販売業のハウ・トゥーなどへの質問にも快く答えてくれたりして、結局、三時間くらい経って、かなり千鳥足で、辞去して行った。あとで気がついたら、肝腎の新聞購読の件は、うやむやになってしまっていた。

　後日、このことを、同じ若い作家仲間の畑山博氏に会った折、私は笑い話として、聞かせた。すると、氏は思いもかけず厳しい口調で――おまえたちはなんて心無い仕打ちをしたんだ――となじるのだった。――かの拡張員氏は、当日、何件かの新規購読者を獲得すべきノルマをかかえ、それを達成しなければ、その日の生活費にさえこと欠いたかも知れない――というのだ。――その日のスケジュールを、二人の気まぐれな文士にメチャメチャにされて、彼はあとで、さぞ苦労したことだろう――と畑山氏は指摘する。

　畑山氏は、町工場の少年工から人生をスタートして、下積みの勤労者の生活の中から、自分の文学的才能を磨いて来た人だ。一人の庶民の若者とひとときの友誼を楽しんだつもりだった私たちボッチャンあがりの不遜さを、氏の指摘はしたたかに打ちのめして、私をいたく恥じ入らせたものだった。

（公明新聞　一九九二年五月二日）

南北の旅

昨年の夏はニュージーランドの冬へ、そして今年の冬はオーストラリアの夏へ……二年つづけて南半球を旅することになった。おかげで昨年は旅先で、そして今年は帰宅してから風邪をひいてしまった。赤道を越えての旅は、季節をはじめ、いろいろあべこべになることが多いから要注意だ。

私としても、彼地ではクリスマスや正月が海水浴シーズンだ、とか、北へ行くほど暑くなる、とか、それなりに事情はわきまえていたつもりだったが、それでも、南風が吹くと気温が下がる、とか、日当りがいいのは北斜面だ、とか自分の常識を逆なでされることがけっこうあった。

なかんずく、南半球の日時計は左回りだ、と聞いたときには虚をつかれた。私たちの時計が右回りなのは、日時計が右回りする北半球でそれが発明されたからであって、もしも南半球でそれが発明されていたら、左回りになっていただろう……と物の本で読んで、唸ってしまった。

　南北の旅は、私の固定観念をいろいろ打破してくれるが、ただ、東西の旅と違って時差がほとんどないのは助かる。

　時差といえば、東西の旅で困るのは、旅先で昼間に本国へ電話すると、先方は深夜だったりして迷惑がられることだ。おかげで商社や金融機関などは二十四時間態勢をとらざるを得ないから、便利になりすぎるのも考えものだ。

　時差と共に時差ボケも、やっかいな問題だが、これも物の本によると、西への旅よりも東への旅の方が時差ボケがひどくなる、というデータがあるようだから、東行きの旅人はご要心。

　南北の旅には時差がない、と前述したが、考えてみると、季節が逆になるのだから、時差が六ヶ月ある、とも考えられますね。


（公明新聞　一九九二年五月三十日）

巨大な哺育器

私がささやかな仕事部屋を構えているのは、湘南の二つの地方都市のちょうど境目に近い場所だ。それぞれの市の中心街から都市化が始まって、次第にそれが境目にまで波及し、いまや両方の都市は隙間なく癒着してしまっている。だが、それでも中心街と比べれば、まだ畑の生き残りが、住宅街の真中に生け捕りのような形で取り囲まれていたりする。

事実、そんな土地の或るものは、周囲がすっかり宅地造成されて、気がついたときには近くの道路へのちゃんとした出口がなくなっていて、手離そうにも土地の買手がなく、泣く泣く畑作を続けていたり、市に泣きついて児童公園として買収してもらったりするほか、手立てがなくなった所もある、と聞く。

そんな土地柄だけに、いまだに松林が伐採されて分譲住宅が建ったり、造成されてからさほど年月の経っていない住宅街が並んでいたりする。そのせいだろう、通りを歩いていると幼児や赤ん坊をつれた若い母親を目にすることが、他の街よりもよっぽど多いような気がする。きっと平均年齢が若い地域なのだろう。時には地域全体が巨大な哺育器のように見えることさえある。

　それとは対照的に、市の中心街に近い、この地方でいちばん早く造成された高級住宅地の一つでは、いまや小学校の生徒数が激減し、地域を散歩しても子供の声を聞くことさえなくなってしまった、という。地域の子供たちは既に成人して出て行き、残っているのは老人たちばかりなのだそうだ。もしかすると、いまの老住人たちがすべて天寿を全うしたあかつきには、相続税対策に、その地域の土地が分譲され、新小住宅が並び、再び幼児の声が戻るのかもしれない。

（公明新聞　一九九二年七月二十五日）

幽霊話

これを書いているのが、ちょうどお盆の最中で、日暮れになると、盆踊りの歌声がきこえてくる。このところ新聞紙上などでも、幽霊の話題が散見するのも、お盆のせいだろう。

わが家は両親とも教師だったためか、幼時あまり幽霊話など、家庭では出なかったが、ただ一つ、聞かされて、いまだに頭に残っているものがある。

私の父方の祖母の親は、明治維新まで、直参の武士だったらしい。役名は関八州取締役、と聞かされていたが、どうやら取締出役、というのが本当の名らしい。

その……私から見れば曾祖父にあたる人が、或る夏の夜、蚊帳の中で書見をしていると、かたわらのついたての上から血まみれの男の首が覗いた、という。ちょうど来合せた下男もやはりそれを認め、蚊帳の中へ頭を入れて突っ伏してしまった、というオマケがついて、話にリアリティが与えられている。曾祖父の役名は、いわば検事総長みたいな偉いものだった、と子供の頃には聞かされていたが、近年、折にふれて仕込んだ知識によれば、関八州取締出役とは、そんなご大層な偉い役ではなかったようだ。それは、当時、関東地方にはびこっていた無宿人のやくざを取り締る役目だった、という。

ただし、相手が人別からはずれた、虫けらあつかいの人種だっただけに、この役職は、裁判もなしでやくざを斬殺してもとがめられない権限を与えられていたらしい。いわゆる斬捨て御免というやつだ。

……とすると、曾祖父も、あるいは、相手に化けて出られても無理もないような殺生の一つや二つは、身に憶えがあったのかもしれない。

（公明新聞　一九九二年八月二十二日）

かこつけ文化

いまだになんとなく憶えているのだが、私の母は、間食になにかをちょっとつまむとき、決って「置いとくと腐る」と言い訳がましく呟いたものだ。

そういえば、祖母もそうだった。どうも、昔の女は、口ざみしくて、ちょっと何か口に入れたいときも——空腹だから——という理由を堂々と言えず——腐るともったいない——という大義名分を必要としたものらしい。

どうやら、つまみ食いだけでなく、昔の日本人には、よろず、そういった傾向があったようだ。話が飛ぶようだが、湘南の私の住まいの近くには、江戸時代から栄えた行楽地、江の島がある。当時たいへんに流行った旅のコースは、江戸から藤沢の宿の遊行寺に詣で、それから江の島の弁天様を拝み、次いで鎌倉の八幡宮を参拝して江戸へ帰る、というものだった、という。おかげで藤沢宿の遊郭や、江の島の宿坊は大いに栄えた。もう少し余裕のある者のためには、この三角ツアーに大山詣でを付け加えたコースもあって、これも、よく流行った。

ご覧の通り、このツアーには、すべて信心が伴っているが、この際、信心は、ほんの口実であって、その実体は、骨休めのための二、三泊観光ツアーだったのは、もちろんのことだ。

早い話が、母や祖母の「置いとくと腐る」と同じ論法だ。鎖国中も含め、いつの世にも日本人は世界で一、二を争う旅行好き民族なのだそうだが、その旅行は、お伊勢参りやお札所めぐりを始め、つねに信仰がダシに使われていたのである。

信心にかこつけたり、食中毒予防にかこつけたり、とにかく日本では古来「かこつけ文化」がたいへんに発達していたように思われる。

そういえば、現代も、世の中「かこつけ文化」には事欠かぬようでもありますね。

（公明新聞　一九九二年九月十九日）

進化と頭髪

芸能人などにとっては、頭髪の多寡は深刻な問題だろうが、その点、私のような活字人間は気楽だ。だいぶ淋しくなった髪の毛を、今年の還暦の誕生日を期して、丸坊主にしてしまった。

ところで、禿頭は一種の進化だ、という説があるようだ。たとえば盲腸のように、人間にとってもはや不要になった器官は、人類の進化にともなって逆に退化して行く。親知らずのような無用の長物は、もう生えなくなっている新人類も多いようだ。

原始時代には頭の保護その他のために必要だった頭髪も、文明人にとっては、すでに実用的価値はなくなっている。帽子もあれば傘もあり、ファッションとしてはカツラも発達した。もう人類にとっては頭髪は必要がないから、盲腸などと同じように退化しだしているのだ、という。

たとえば、いまどき盲腸の大きい人が居たら、それは人類として進化の遅れている人だ。同様に、頭髪がいまだに房々としている人は、やはり進化の遅れている人なのだ、と言えないだろうか。……まあ、こうした理論は、科学的妥当性はさておき、「バーコード頭」などとおとしめられているわれわれ禿頭人類を大いに勇気づけてくれるのだけは確かだ。

話は変るが、よく前髪の中央の一部だけに白毛が集中し、他は黒々としている人を見掛ける。これも、一説によると、人類が全身毛に覆われていた時代には、やはり三毛の人やブチの人が居たらしい。そして、前髪中央だけに白毛の出る人は、その昔、三毛だった人の遠い子孫なのだ、という説もある。

つまり、或る種の白毛の人は、原始人類の三毛の時代にまで先祖がえりしているのである。それにひきかえ、禿頭は、人類の進化の先端を行き、一足先に子孫の時代を先取りしている。

頭髪も、先祖がえりをしたり、子孫の先取りをしたり、忙しいことだが、それにしても、どうして私はこんなに頭髪にこだわるのだろう。

（公明新聞　一九九二年十月二十日）

スヌーピーの弁当箱

子供の頃、私は、セーターの袖口というものは、必ず捲り上げて着るように出来ているのだ、と思い込んでいた。長袖シャツの場合もそうだった。

それは、私が次男坊で、四歳上の兄のお古が常に回ってきたせいだった。それに、当時は、新品が、そうおいそれと買えるような時代ではなかった。

ところで、現在の私は、毎日弁当を携えて仕事部屋へ通っているが、飯時になって妻の渡してくれた包みを開けてみると、ピンクの花模様やスヌーピーの絵の付いた弁当箱が出てくる。つまりそれらは、わが子らのお古なのだ。

それらは、わが子が学校給食の年齢を超えた時、急いで買い込んだ物だが、一年も経たないうちに、わが子の胃袋の容積は、弁当箱の容積を遥かに追い越してしまった。やむなく、買い換えた弁当箱は、子供の胃袋と、何度かシーソーゲームを演じた末、いまやドカベンとして安定期に入ったようだ。その間に、私のほうは、肥満を気にしなければならぬ年齢に達し、子供の弁当箱程度の昼飯が無難、ということになり、かくて、再び花模様やスヌーピーの出番、となった。しかし、これだと、さすがに人前では弁当は食いにくい。

昨今、お古も多様化したようで、冷戦終結とともに、ロシアもアメリカも、軍用機や原潜などのお古をなんとかして売り付けたがっているようだ。こんなブッソウなお古は困りものだが、それに比べたら、セーターや弁当箱のお古なんかは罪が無い。だが、例えば原発がお古になってしまったあかつきには、いったい、どう始末するつもりなのだろう。実に心配だ。

（公明新聞　一九九二年十一月十九日）

ポプラの樹

　私達が休日にヘボテニスをやるコートの脇に、ケヤキの大木があって、この季節には、もうすっかり葉も落ち尽くし、裸の梢の枝枝が繊細に青空を掃いている。何の木でも、大木になると何とも言えない風格が出てくるものだ。

　私の生家にも、ポプラの木が一本、あった。両親が家を建てるとき、苗木を植えたのだそうだが、その際の手落ちは、ポプラという木がたいへん生育がはやいのを失念していたことらしい。

　玄関のすぐ脇に植えられたその木は、私が物心ついた頃には、もう、いっぱしの大木になっていたが、根が太って押し上げるおかげで、戸口の前の敷石にはヒビが入るわ、玄関の根太は持ち上がるわ、という騒ぎで、父は年中補修に追われていた。枝を下ろしても下ろしても、すぐまた伸びて、日当たりは悪くなるし、朝夕、雀の大群が騒ぎ立てるし、で、大人にとっては、とんだ厄介ものを背負い込んだ、といった存在だったらしい。

しかし、私にとっては、わが家とポプラとは切っても切れないものとして、生まれたときから結び付いていた。余所から帰ってきて、家並みの向こうにポプラの梢が見えると、ああ帰ってきた、と、ほっとしたものだ。

太平洋戦争も末期の頃、大人の腕で一抱えにも余るポプラの幹を、根元から父が切り倒したとき、あっけらかんと明るくなった庭の光景が、私にはひどく空しいものに見えたものだ。あれは、よく目立つポプラの大木が、空襲の際に、敵機の爆撃の目標になるのを恐れての措置だったのだろう、と思い当たったのは、実はつい最近になってからだ。

（公明新聞　一九九二年十二月十七日）

II

先見の不明

私事になるが、私の生まれた横浜市神奈川区には、江戸時代、東海道の神奈川の宿があった。だが、その宿場跡といわれる町筋は、いまの横浜駅から、いささかずれた位置にある。これも私事だが、いま私は神奈川県藤沢市に住んでいる。ところで、江戸時代の藤沢の宿の跡も、ＪＲ藤沢駅からは、ちょっと外れている。先日、たまたま友人宅を訪れたら、その住まいは、旧東海道の街道筋に面していて、傍らに戸塚の宿跡を示す碑が立っていた。ところが、これが、またまた、ＪＲ戸塚駅とは、ずいぶん離れている。

宿場といえば、昔の盛り場だ。いまは、たいていの盛り場は駅前にある。どうして、両者が、こうして、いちいちずれてしまっているんだろう、と私は、かねてからの疑問が、ますます昂じてきた。

そんな折ふと、歴史作家の堀和久氏の短文が目に触れた。氏によると、史跡をめぐっていると、それらは必ずと言っていいほど駅から離れた不便な土地にある、という。そして、それは、次のような理由によるそうだ。

史跡になるような土地は、昔はみな由緒正しい、高級地帯だった。そして開通当時の鉄道というものは、当時の感覚では陸蒸気《おかじょうき》と呼ばれて、下賤で騒々しい不浄な乗り物だった。そんなものに通られると、土地の品が下がるし、地価だって下がってしまう……と思われて、排斥運動が起き、高級地には線路や駅が造れなかった。やむなく、駅はたいてい、当時は辺鄙で不便な場所に造られた。

ところが時代が進むと、駅の周りは栄え、便利な高級地帯として、地価も上がった。逆に、駅のない昔の高級地は、さびれ、不便な、安い土地になってしまったのだ、という。

なるほど、と私は目からウロコの落ちる思いがした。おそらく神奈川や藤沢や戸塚の宿場町も、右と同じような理由で、駅を忌避したのだろう。先見の明のなさ、とは、おそろしいものだ。

（神戸新聞　一九九二年十月七日）

発生と消滅

在るものが無くなるのと、無いところに何かが生じるのと、どっちの方がインパクトは強いだろう。

といっても、大した話題ではなく、首から上に生える毛のことだ。私の齢ごろになると、頭部のあるべきところに、あるべきものがなくなる例が多くなる。知人に、カツラを使用する者も現れだしたが、当人はしごく慎重に、わずかずつ毛を増やしていったにもかかわらず、周囲のすべての人間は、ただちにそれを看破した。結果的には、一挙に増毛するのと、何の変わりもない。頭髪の増減というものは、見る者にとって、よほどインパクトの強いものらしい。

それにひきかえ、事、ヒゲに関しては、生やす時よりも、剃った時の方が、インパクトが強いようだ。私はこれまで、かなり気紛れに、ヒゲを生やしたり剃ったりすることを繰り返してきた。その経験によると、私がヒゲを生やしても、周囲の者は、昔からそれがそこにあったように、べつに何の関心も示さないが、剃ったときには、必ず――どうしたの？――とか――いつ剃ったの？――とか訊ねる。

　昔のことになるが、妻の両親のもとへ、あらためて結婚の申し入れに赴いた折、私は、できるだけ地道な印象を与えようと思って、ヒゲを剃って行った。ところが妻の母は、私の顔を一目見たとたんに吹き出してしまい、しばらく笑いころげていた。おかげで、厳粛たるべき私の求婚シーンは、めちゃめちゃになり、うやむやのまま私は憮然として引き下がるハメになった。妻と知り合う前から、私はヒゲを生やしていたから、妻の母にとっては、ヒゲのない私の顔は、思いもかけぬものだったのだろう。私はあわててまた、ヒゲを生やし始めた。

　いまから一年ほど前、また私はヒゲを剃った。剃ってから十日目に、妻は突然――あら、ヒゲを剃ったのね！――と口走った。十日間、顔をつきあわせていて、その時まで気付かなかったらしい。インパクトが強すぎるのも困るが、これほど上の空なのも、やはりうれしくないですね。

（神戸新聞　一九九二年十月二十二日）

ボール今昔

いまは、ロストボールが再び顔を出す季節だ。

私が仕事部屋を借りている地域は、首都圏の小都市の市境に近いので、家並みの間に、点々と小さな畠や田が取り残されている。

いまは、稲刈りも済み、畠の作物も次々に収穫されて、田畠は次第に裸になっていく。すると、その畝の間に、野球の軟球やら、幼児用の赤いビニール球やら、テニスボールやらが、あっちからもこっちからも、姿を見せ始める。夏の間にでもそれらを紛失した子供たちはもう、紛失したことさえ忘れ果てているだろう。さまざまな球たちは、いつまでも空しく土の上に転がったままだ。

最近、たまたま、私の小学校四、五年ごろ（一九四二、三年）の日記が出てきて、読み返してみたら——自分のゴムマリで三角ベースをやっている最中、親にお使いを命じられ、帰ってきたら、友人がそのゴムマリを紛失してしまっていた——ということを、憤懣やるかたない、といった筆致で記した一節があって、思わず笑ってしまった。思えば、あのころは、普通の勤め人の家庭の子供にとっても、ゴムマリは宝物だった。

いまでも、いやにありありと覚えているのは、〝皇軍がシンガポールを陥落させた〟お祝いに、全校生徒に新品のゴムマリが一個ずつ配布されたことだ。その、真っ白で粉をふいたような新しいゴムマリの感触が、いまだにナマナマしくよみがえるのだから、当時、ニューボールは、よっぽど珍しかったのだろう。

もちろん、たとえ古ボールでも、草むらの中へ見失いでもしたら、全員、日が暮れて真っ暗になるまで、血まなこで探し回った。

私の仕事部屋の隣が、小さな児童公園になっている。だが、そこではボール遊びが禁止で、しょっちゅう子供たちが周囲の家の大人たちから叱られている。

私の子供時代は、空き地だけは多くて、ボール遊びには不自由しなかった。ボールがふんだんにあるのと、空き地がふんだんにあるのとでは、どっちが子供たちには幸せなのかな。

（神戸新聞　一九九二年十一月六日）

スポーツ面積

まだ、今の天皇（平成天皇）が美智子妃とご婚約中だったころには、テニスはエリートのステータス・シンボルだった。それが今や、市民がごく気軽にやれる、最もポピュラーなスポーツの一つになっている。それだけわが国の生活水準が向上した証拠だと見られているようだが、見方を変えれば、これもまた、わが国特有のある種の貧しさの現れと見えなくもない。

つまり、あれだけ小さな地面で、あれだけの人数が、あれだけ短い時間で手軽にエンジョイできるスポーツというものは、ほかには、あまりないのだ。そう考えると、地価が高く、人口が多く、余暇の少ない、日本の暮らしを、何やら象徴しているスポーツのように見えてくるではないか。

そんな考えが浮かんだのは、せんだってオーストラリアの各都市を巡って、町中の至る所にある、だだっ広いクリケット場のみずみずしい芝生の色を眺めていた時だった。あの、広すぎ、人口の少なすぎる国と比べられては、日本国も立つ瀬がないだろうが、それにしても、かのテニスなるものが、急にコセコセしたものに見えてきてしまったのは、事実だ。

狭いスペースでできるスポーツの最たるものは、卓球だろう。そのせいか、私の若いころには、巷《ちまた》では、やたらに卓球が流行《はや》っていた。使用面積に対する人口密度は、九人制バレーなども最も高いほうかもしれないが、逆に最低十八人は頭数を揃えなければならないので、かえって不便かもしれない。

いちばん広いスペースがいるスポーツは、やはりゴルフだろうか。もっとも、休日などの、一日中、五分置きに四人ずつスタートし続けるような、わが国での利用法だと、案外一人当たりの利用面積は、さほどではないのかもしれない。だが、必要な時間は長く、費用も高く、テニスほどポピュラーにはなれそうもない。

しょせん、わが国の市民生活向上は、卓球からテニスまで止まりなのだろうか。

（神戸新聞　一九九二年十一月二十日）

向こうから来る人

英語のレインと日本語の雨とはちょっぴり違う、と知ったのはそんなに昔のことではない。日本の雨は大抵ザアザア降るが、欧米では、シトシトと降るのが普通で、それがレインであり、ザアザア降るのはシャワーと呼ばれて区別される、と聞いた。

それにつけても思い出されるのは、若かりしころの失敗だ。戦後まだアメリカ風俗が珍しくてならぬころ、アチラでは雨のとき、傘を差さずにレインコートで済ませるのが普通だ、と聞いて、アメリカかぶれの私は、雨の日に傘を持たずにレインコートだけ着て外出した。

おかげで私は頭からズボンまでずぶ濡れになってしまい、ひどい目に遭った。どうしてアメリカ人はこんなに濡れても傘を差さないんだろう、と、当時私はしきりに首をひねったものだったが、もちろんこれは、アメリカのレインと日本の雨とを混同していたせいだ。

同じような違いが、欧米のリバーと日本の川とのあいだにもある、と知ったのも、わりと最近だ。川とはザアザア流れるものと日本人は思っているが、欧米ではリバーとは静かにゆったりと流れるものなのだという。

こうした違いは、わが国がモンスーン地帯にあり、背骨のように山脈のある細長い国土で、山頂から海岸までの距離が短い、といった特殊性から生まれているのだが、その中で生きている私たちには特殊とは感じられない。

そんな食い違いが、例えば、「向こうからやって来る人」に対するとらえ方にさえ、あるような気がする。日本では、向こうから人がやって来れば、訪ねてきた客かな、と、まず思う。だが、欧米では、向こうから人が来れば、襲って来た敵かな、とまず思うのではあるまいか。先日のハロウィンのお祭りでの日本人高校生殺しにも、そんな不幸な食い違いがあったような気がする。島国、単一民族、ムラ社会、といった、己の特殊性を、われわれは、つい忘れがちだ。


（神戸新聞　一九九二年十二月五日）

所変われば色感も

日本の子供に太陽の絵を描かせると赤く塗るが、アメリカの子供に描かせると黄色く塗る、と聞いて、虚を衝かれる思いがした。同様に、日本では月は黄色く描くが、アメリカでは白く描くという話だ。同じ物でも、所が変わり人が変わると、受け取り方が違ってしまう、ということの、いい例だろう。

これは私のとりあえずの思い付きだが、日本では太陽や月の存在を、日の出日の入り、月の出月の入りの瞬間に、意識することが多いのにひきかえ、アメリカでは太陽や月を、それが南中する真っ昼間や真夜中の状態として把握することが多いのかもしれない。そうした意識の違いが、その色彩把握に影響している、ということは、有り得ないだろうか。太陽や月の高度が低いうちは、赤みや黄色みが強く、高く昇ると白っぽくなってくるのは、周知のことだ。

もっとも、大気汚染の進んだ昨今では、昇りたての月が血のように赤く見えたりすることがあるから、いまに日本では月は赤く、そして太陽はドス黒く描かれるようになる日が、来るかもしれない。

それとはちょっと意味が違うが、関東地方に生まれ育った私は、地面の色というものは、黒っぽく暗いものだと思い込んでいた。ところが、北九州出身のある人の手記を見たら、その中に――関東に移り住んでまず目についたのは、地面の色の違いだった。黒っぽく陰気なその色に違和感を覚え、明るい色の故郷の地面が恋しくて、それがホームシックの始まりになった――という意味の一節があった。

地面の色は日本国中どこも同じだ、となんとなく思い込んでいた私にとって、これは一種のカルチャーショックだった。もっとも、もしかしたら関東と北九州との日差しの強さの違いが、こうした地面の色の感じ方の違いにも影響しているのかもしれない。

（神戸新聞　一九九二年十二月十九日）

Ⅲ

漁村の正月膳

おめでたい正月の祝い膳に乗る魚、と言ったら、真鯛に決まっている、と私は思っていました。ところで、瀬戸内海の来島海峡は、その真鯛漁の本場として有名です。九ノットを超える瀬戸の急流の真っ直中で、小さな錘と細い糸とで底を探って釣る一本釣り漁の名人芸は、取材に赴いた私を驚嘆させたものでした。

その取材の折り、話の序でに漁師さんに――ここのお正月のお膳には、さぞかし立派な鯛が乗るんでしょうね――と私は聞きました。ところが、その答えは――いや、ここでは、正月には鯛は食べないよ――という、意外なものでした。私は、一瞬唖然としました。

しかし、よく考えてみると、これは、さほど意外な事ではないのかも知れません。われわれが、お正月に真鯛を祝い膳に乗せるのは、それが珍しくて貴重な物だからでしょう。だから、せめて年に一度のお正月には賞味しようという訳です。

ところで、来島海峡は、前述のように真鯛の宝庫で、強い潮流に鍛えられて身の締まった魚体は、他のどの産地のものにもヒケをとらぬほど美味ではあるが、殆ど一年中釣れますから、少なくとも珍しくはないでしょう。なにもわざわざお正月に食べなくても、もう、或る程度見飽き、食べ飽きているのかも知れません。

それに、私の見聞によると、漁師さんという人種は、売れる魚はみんな売ってしまい、売れない物だけ自家用にする傾向があるので、いくらお正月だからといって、見事な大鯛……それもお正月に高値の付いた逸品を、みすみす自分で食べるようなマネをするわけがありません。そう考えてみれば、鯛漁の本場だから漁師さんの正月膳には立派な大鯛が乗るだろう、と思った私が、いかに浅墓だったかが分かります。

因みに、来島海峡の辺りの家庭では、お正月の祝い膳には、キカレと呼ばれるハタの一種が、鯛の代わりに乗せられるということでしたが、それは、魚体が赤と青の微妙なレース模様に彩られた、真鯛にも劣らぬ美しい魚でした。

ところで、真鯛を正月の膳に乗せる地方でも、パターンには色々あるようで、よく聞く話としては、例えば、京都の睨み鯛があります。正月三が日の間、食卓に飾った鯛を、箸を付けずにただ睨んでいるだけ、ということから、この名が付いた、という説があるようですが、真偽はともかく、格式を守りつつも、つましい、京都の暮らしを、いかにも彷彿とさせる説ではありませんか。

鯛のほかにも、お正月に付き物の、例えばお雑煮のような食べ物が、いくつかあります。その中で、子供の頃から、なんでこれが無くてはならぬ御馳走なんだろう、と、よく首を傾げたものに、カズノコがありました。今でも、別にまずくはないけれど、飛び付いて食べたいほど美味とも思えません。そのくせ、正月の食膳にこれがないと、なんだか忘れ物でもしたようで、落ち着きません。多分、多産を象徴するお祝いの籠った食べ物なのでしょうが、子沢山が貴ばれない昨今、そっちの威力は薄れたというのに、品薄高値もものかわ、正月料理の一角を死守して譲らぬその気概は、なかなかに健気というべきでしょう。

（新潟日報　一九九三年一月一日）

堆肥

晩秋から初冬にかけての私の楽しみは堆肥づくりです。尤も、つくるばかりで使うほうはさっぱりですが……。

「堆肥ってのは、つくるのが目的じゃないでしょ。それを使って作物を育てるのが目的なのよ」と妻はなじりますが、どうも私はそこまでは、やる気が起きない。

ことの起こりは落ち葉焚きでした。家の建て混んだ首都圏の一隅の町中では、落ち葉を庭で焚くことだけで、もうかなりの贅沢だ、と羨ましがられたりもしますが、しかし、落ち葉の季節には来る日も来る日も庭掃除で、到底贅沢などとは思えない程手が掛かります。原稿の締切りが迫って来れば来る程、奇妙なことに、庭の落ち葉が余計目に付いてきて、ついズック靴をつっかけて熊手を手にしてしまう。

そんなふうにして、庭じゅうの落ち葉を掃き集めては焚くのを繰り返しているうちに、ケチな私はつくづくもったいないと思い始めました。なんとかこれを利用出来ないものか。でも、落ち葉などというものはいくら考えたって堆肥ぐらいにしか利用の仕様がない。

　という訳で、私の堆肥づくりは始まったのですが、最初の年は惨憺たるものでした。庭の隅に穴を掘って、落ち葉をどさどさと投げ込んでは足で踏み固め、また放り込んでは踏み固め、穴が一杯になったところで、筵を掛け、ときどき水を掛けたりして、一冬越しました。やがて陽春……わが家のささやかな家庭菜園に、妻がぶつぶつ言いながら私に代わって堆肥を混ぜようとしたら、それはすべて落ち葉の形を完全に保ったまま、板のようにコチコチに固まっていました。色さえも、掃き集めた時のベージュ色のままです。菜園は落ち葉をじかにぶちまけたようになり、私は妻の軽蔑の眼にさらされました。

　次の年は、いろいろ考え、厚みのあり過ぎるカキの落ち葉や油分の多いマツやハゼの落ち葉は取り除けて焚き火に回し、サクラやケヤキの落ち葉を主体にして集め、腐食の促進のため、台所の生ごみと交互に積み重ねてみました。今度こそは……と意気込んで翌春取り出してみたら、それでも色だけは黒々となったが、やはり葉っぱが一枚一枚数えられるような状態で、到底豊穣な腐食「土」のイメージからは程遠い。たかが落ち葉を腐らせるくらい、とタカを括っていたのに、これほど厄介なものだとは思いませんでした。温暖な湘南地方でさえこれでは、北国の冬には堆肥づくりはどうやっているのだろう。

こうなったらもう私も意地です。この冬は、従来のやり方に加えて、毎朝のようにお米のとぎ汁を掛け、しかも、その都度ゴミ溜めを掘り返してミミズをスパゲッティ料理一皿分ぐらいずつ集めて、落ち葉の上に振り撒いてやります。ミミズに援軍を頼むことにしたのです。さあどうだ、これだったらいくらなんでも堆肥にならないわけにゃいかないだろう、ざまをみろ……と落ち葉に向かって私がうそぶいているのを聞いて、妻は、「それだけの努力を、小説書きの方へ向けてくれたらねぇ……」と溜め息をつき、「だけど、堆肥が出来たら、今度こそちゃんと自分で使ってよ」と釘を刺すのでした。

（新潟日報　一九九四年一月一日）

わが家での正月も……

お正月を、一家そろって旅先で過ごすのが、世間ではもうだいぶ前からけっこう流《は》行《や》っており、いまや海外まで足を延ばすゴージャスなお正月さえ、べつだん珍しくもなくなっているようです。

ところで、ふと、改めて思い返してみたら、私が生まれてこのかた過ごしてきた六十回を超えるお正月のうち、自宅で迎えなかったのは、ただの一回だけだった、ということに気付き、われながら意外な思いがしました。

その、ただの一回とは、二十数年前、なんとなく飛騨の高山の、雪に埋もれた合掌造りの民宿でお正月を迎えてみたい、と思い付いた折りのことでした。それ以外の年は、べつだんお正月は自宅で、と思い詰めた覚えもないのですが、結果的にはこんなことになってしまったのは、どうしたことでしょう。

私自身は決して出無精なタチではなく、一頃は、日本の北の端から南の端まで一年間に十二回も旅したこともあり、また、地球の裏側のカリブ海やら、夏冬逆転する南半球にも人並みに何度か足を運びました。それなのに、事、お正月に限っては、たった一回を除いては、我が家以外のそれを味わったことがないとは！

もっとも、我が家でお正月、と言っても、その「我が家」がいつも同じ所だったわけではないのは当然です。まだ二十代の頃、東京駒込のバーの二階に間借りしていたことがありますが、当時、一年中、深夜まで階下から聞こえて来る歌謡曲のレコードやら喧噪やらにすっかり慣れっこになっていた私たちは、お正月三ヶ日だけは一晩中、コトリとも音のしない夜に、かえって勝手が違って眠れなくなって、困ったものでした。

神奈川県の湘南海岸近くへ越してきて当初は、毎年、元旦の払暁に仲間と一緒にボロ船で船出して、相模湾の洋上で初日の出を拝み、海の上から江の島の弁天さまに初詣でをし、さっそく釣り初めをしてから沖合の岩礁に船を着け、流木のたき火で釣りたての魚入りのお雑煮を作って食べるのを恒例にしていました。

元日の朝の海というものは、何時もなら必ず見掛ける漁船がただの一隻も出ておらず、自船だけが孤独に、見渡す限り何もない静かな海を走ってゆくのが、これまた勝手が違って、なんとなく心細い気分のものでした。
ほかにも、横浜の生家で幼い頃のお正月、新婚時代の鎌倉寄りの片瀬のアパートでのお正月など、思い返してみると、どこへも出ない我が家でのお正月も、けっこう思い出のバラエティには事欠かないものですね。

（新潟日報　一九九五年一月一日）

口の用途

暮れに、時代劇の舞台を観ました。映画やテレビでは私もよく時代物を観るが、お芝居では久し振りです。そのせいか、役者のなんでもないしぐさに、時折ハッとするほど鮮やかに見えるものがありました。そんなところが映像と生の舞台の違いかも知れません。

たとえば、娘役が赤い紐の端をちょっとくわえて手早くたすきを掛ける際の、口の周りの一瞬の表情のいろっぽさに、胸を衝かれる思いがしました。これは、今の暮らしでは滅多にお目に掛かれないしぐさです。

大体に於いて、現代の躾では食べ物以外の物を口に入れるのはお行儀の悪いこととされているようです。鉛筆の頭をかじったり、ボールペンのキャップをしゃぶったりして、親や先生に叱られた経験のある方は少なくないでしょう。

しかし、一昔前には、たすきの例のように、けっこう、食べたり喋ったりする以外にも口の使い道があったようです。大工さんが口の中に釘を何本か頬張って、一本ずつ取り出しては打つ姿を、幼い頃驚嘆して眺めたのを思い出します。いまは電気釘打ち器でバシン、バシンと打ち込んでいて、あまり釘を頬張る所などは見掛けないようです。江戸時代の浮世絵などでも、姉さん被りした手ぬぐいの端をくわえて歩く女性の風情など、なかなか乙なものですが、今は軒並みタオルが使用されるようになったので、パーマの頭に被ったタオルの端をくわえて歩いたとしても、朝シャンのやり損ないのようで、とても風情があるとは言いかねます。

ところで、あらためて考えれば、動物のうちで、物を持ったり運んだりするのに口を使わないのは、人間だけです。我が家の庭の隅で子を産んだ野良猫は、私に覗かれるのを嫌がって、しまいには三匹の子猫を屋根の上まで運び上げてしまいましたが、それはすべて口を使っての作業でした。鳥の巣作りだって猛獣の狩りだって、雌をめぐる雄同士の争いだって、動物たちはみんな口でやっています。

そういえば、物の本によれば、われわれ人類の祖先たちの化石は、猿人も原人も旧人も新人も、みんな歯が磨り減っているということです。原始時代には、人間の口と歯は、鋏、鋸、ペンチ、万力、包丁、クレーン、プレス器などとして、フルに活用されていたのでしょう。それを思うと、今の人間の口は。なんと利用度が極端に減ってしまったことか。
もっとも、いまでも、まったくそうした用途に私たちの口は使われていないというわけではありません。まず思い浮かぶのは、さしずめ、有料駐車場へ車を入れる時とか、高速道路の料金所での支払いの折です。そんな場合、大抵の人は、駐車券や領収券を受け取ると、まずそれをとりあえず口にくわえて、車を発進させます。そうして次の車のためにゲートを譲ってから、あらためて券を始末するのが普通でしょう。いわば、口をクリップかホルダーとして使うわけですが、これなどは、化石人類のご先祖さまから見たら、たいへんに正しい口の使い方ということになるのでしょう。

（新潟日報　一九九六年一月一日）

障子とプライバシー

子供の頃……といっても、太平洋戦争が始まってからは正月どころではなくなってしまったので、その前の幼かった頃のことですが、正月を迎える準備作業としてまず思い浮かぶのは、家じゅうの障子の張り替えでした。

その担当者は我が家では父と決まっていて、私たち子供はその準備段階——庭先で古い障子紙を破り取り、裸になった桟を水洗いするという、冷たくて手が掛かって面白みのない仕事を担当するのが毎年末の恒例でした。

幼い私は、自分で障子紙を張ってみたくて堪らなかったが許されず、父が和服にタスキがけで糊の刷毛の柄を口にくわえ、桟に張り付けた障子紙の端を慎重に物差しで押さえて小刀で切り取る手つきなどを、羨望のまなざしで見守ったものでした。

やがて私が成人し一家を構えるようになるまでの二十年以上の歳月の間に、世の中は気の遠くなるほどの変わり方をしてしまいましたが、住む家についてもその例に漏れません。初めて所帯を持ったのは２ＤＫのアパートでしたが、ガラス窓とカーテンばかりで障子というものが一枚もなく、おかげで、歳末になっても幼い頃からの憧れである障子張りの機会には恵まれませんでした。

今の住まいは二階の一と間だけが和室になっていて、ベランダに面したガラス戸の内側に障子があるので、私は年末になるといそいそと障子張りに取り掛かります。

曾て父がしたように糊の刷毛の柄を口にくわえて、障子紙の端を切り取ったりしていると、私の心はのびやかにくつろいできます。手はせっせと動かしながら、思いのほうはとりとめもなくあれこれさまよいだし——どうして現代日本の住まいにはこんなに障子が少なくなってしまったんだろう——などと考えてみます。襖と障子の「紙と木のプライバシー」と、壁とドアの「石と鉄のプライバシー」との差、などということも思い浮かびます。

戦後、個人的人権の思想が発達し、個人のプライバシーが強く主張されるようになったのは、たいへん素晴らしいことですが、他面、各人が自分のプライバシーという名の縄張りを、堅固な壁とドアとでがっちりガードすることで、逆に互いの動ける範囲を小さく限定し合い、また、その壁とドアの内側で孤独死して何ヶ月も発見されないという事態も生まれてきます。

最近、人と人との触れ合いの大切さが再評価され、例えば江戸時代の下町人情とか、フーテンの寅さんの世界とかが人々の共感を呼んでいます。

ところで、触れ合いとは「プライバシーの侵し合い」のことではないか、と私は思います。一方的なプライバシーの侵害ではなく、互いに平等なプライバシーの侵し合い――それがむしろ、過密な生活環境の息苦しさや、冷たい孤独から人々を解放し、生活のゆとりと触れ合いの暖かさをよみがえらせるのではあるまいか。完全防御の「壁とドアのプライバシー」よりも、適度に侵し合う「襖と障子のプライバシー」こそが、いまはむしろ必要なのではあるまいか、などと、障子紙の感触を楽しみながら、私は考えます。

（新潟日報　一九九七年一月一日）

名前

「誰かと知り合いになるってことは、名前を覚えることでしょ」

バードウォッチングが趣味の知人はそう言いました。

その時私は彼と飲みながら、ちょっと意地悪く――なんでそんなにいちいち鳥の名前を憶えなけりゃならないんだ。名も知れぬ鳥の姿を愛で、その鳴き声に聞きほれる方がよっぽど優雅じゃないか――と絡んだのです。

知人は言葉を続けました。

「鳥だって同じですよ。僕は鳥を眺めたいんじゃなくて、鳥と知り合いになりたいんです」

なるほど、一理あるな……と私はうなずきました。たしかに、人間同士でも、自分にとって誰かが赤の他人から特定の知人になるのは、相手の名前を知った瞬間でしょう。鳥の場合だって同じだと言われれば、確かにそうかも知れない。

しかし、私が彼のその言葉を真に理解できたのは、実はついこの間のことでした。もっとも、私の場合は、その相手は鳥ではなくて樹木でしたが。

我が家の近くにささやかな植物公園があります。一年ほど前から私は、気分転換に毎日のようにそこまで散歩する習慣がつきました。樹木の一本一本に付いている名札を、始めのうちはべつに憶える気もなくぼんやり眺めながら樹間をぶらついていました。

ところがある日ふと気付いたのですが、公園の一隅にあるシラカシとその近くのスダジイとが、私にはどうしても見分けがつかないのです。行く度に見比べるのですが、どうしても両者が別種の樹のようには見えない。わが目にすっかり自信を失い、気掛かりのあまり、さんざん他の樹とも見比べたりしました。

その結果やがて判明したのは、公園のシラカシの一本に、間違ってスダジイの札が付けられている、というバカバカしい事実でした。

ところが、なにが物事のきっかけになるか判らないもので、それ以来私はいつのまにか、公園にある樹木の名前を片っ端から憶えようとする習慣が身についてしまったのです。

ところで、お隣の庭の、我が家との境ぎりぎりのところに、かなり大きな広葉樹が茂っています。最近まで私は、その樹のために我が家の庭が日陰になってしまうのをニガニガしく思うだけで、それ以外はまるで関心がありませんでした。

ところがこの間、私はそれと同種と思われる樹を公園で見つけました。それにはタブノキという名札がついていました。（そんな名前さえ、それまでは知らなかったのです）

年の暮れも押し詰まった先日、お正月に備えてでしょう、お隣の庭に植木屋さんが入りました。早朝からチェーンソーの音がけたたましかったが、朝寝坊の私が眠い目をこすりながら二階の雨戸を開けて覗いた頃には、地境のタブノキはすでに殆どの枝を落とされて丸坊主にされていました。

それを目にした瞬間、私はあまりの痛々しさに思わず目をそむけたくなりました。

名前を憶えたおかげで、私はとうとうタブノキと知り合いになってしまったようです。

（新潟日報　一九九八年一月一日）

ジイたんが明るい

子供は五歳までに一生ぶんの恩を親に返してしまう、と言う言葉があるそうです。ただいま三歳の孫娘を見ていると、なるほどそうかもしれないなァ、という気がしてきます。

長女の一家がわが家の近所に住んでいるおかげで、孫たちの顔もしょっちゅう見られるのですが、幼児の愛らしさ、面白さは、いくら見ても飽きないものです。

昨年晩秋の、風のない小春日和の夕暮れ、この年最後の戸外の夕食を楽しもうと、縁先のウッドデッキでテーブルを囲んでいたら、突然孫娘が私の頭を指差して、「ジイたんが明るい」と叫びました。暗さを増したデッキで、私の頭に室内の明かりが反射したのでしょう。日ごろ、禿《はげ》頭とか光頭とかとは言われつけていますが、同じことでもこんな新鮮な表現をされると、格別なインパクトがあります。

まさに幼児は、存在するだけでもう親孝行をしている、と言えそうです。

でも、わが妻は――自分の娘が三歳のころは、毎日の暮らしに追われて子供を鑑賞する暇もなかった。いちばんかわいい盛りを、もったいないことをした――と残念がります。

そんな思いの親ごさんたちはけっこう多いでしょう。核家族では、初めての子育ては不安と緊張の連続で、「ねばならぬ」（こう育てねばならぬ、ああ躾《しつ》けねばならぬ）ばかりが先に立って、「ありのまま」の子供の姿を楽しむ余裕はなかなか持てないようです。

おまけに、上の子が三歳くらいのころというと、ちょうど第二子の誕生前後、という場合も多いでしょう。そうなれば、手のかかる二児を抱えて、てんやわんやで、かわいいどころの騒ぎではありません。さもなければ、子供を三歳児保育に出せるようになるのを期して、共働きを始めようとなさるご夫婦もおられるでしょう。その場合にも、わが子鑑賞の機会はだいぶ制限を受けます。

となると、子供の魅力のいちばん美味《おい》しいところを存分に味わえるのはジジババの特権、ということになりそうです。もっとも、それは昔ながらの三世代同居の家庭のことで、遠い都の若夫婦と故郷のジジババ、という、昨今よくあるケースでは、なかなかその特権も行使できません。考えてみれば、なんともったいない話でしょう。

孫娘の三歳の誕生日に、子供用の自転車をプレゼントしましたが、さすがに少し早すぎたようで、まだなかなか乗りこなせません。むしろ、配達時に自転車が入っていた大きな段ボール箱を部屋の隅に置き、側面にドアや窓を切り開いて、彼女の「家」を作ってやったのが、いたく気に入ったようで、その中で毛布にくるまってお昼寝するほどです。先日も、彼女はオママゴトのお母さんになり、お買い物から帰ってその段ボールのお家《うち》のドアを開けながら、

「ただいま……ああ、疲れた」と呟いたので、私は思わず吹き出しました。きっと彼女の母親は、買い物から帰る度にそう呟くのでしょう。子供は親の「言う」通りにはしないが、親の「する」通りにはする、とよく言われます。親はよほど気をつけねばなりますまい。

（新潟日報　一九九九年一月一日）

ゼロという数字

「ただ偶然ゼロが三つ並んだだけじゃないか。別に意味なんてありゃしないよ」と私は連れ合いに言いました。もちろん西暦紀元二〇〇〇年についての話です。あんまり周りじゅうが二〇〇〇年、二〇〇〇年と騒ぎ立てると、ついこんな天の邪鬼も言いたくなります。

しかし連れ合いは反論します。「キリスト様の誕生から今までの間に年号にゼロが三つ並んだ年は、これでたったの二回目よ」。言われてみれば、たしかにそれは紀元一〇〇〇年と今年の二回だけです。「だから年号にゼロが三つ並んだ年に生きている人間はけっこう希少価値があるのよ」

なるほど物は考えようで、人間の一世代を仮に三十年とすると、この二千年の間には六、七十世代の交代があり、そのうち或る一年を共に生きる世代を親子孫三代としても、二回で六世代……つまり全世代のせいぜい十分の一程度しか、生きているうちにゼロが三つ並ぶ年号に出会えない、という勘定になります。

こう考えてゆくと、ゼロにもなんだかあらたかな値打ちがあるような気がしてくるから不思議なものです。

そう言えば、私のこれまでの人生で年号にゼロが三つどころか一つだけでも付いた年は、過去にはたったの六回しかありません。

私が初めて出会ったゼロのある年号は一九四〇年ですが、この年は、軍国主義の当時は皇紀二六〇〇年として、さまざまな行事が催されました。横浜生まれの私は小学二年生でしたが、唯一つ今でも憶えているのは、実見したのかニュース映画で観たのか、横浜港の内外の海上に戦艦、空母から巡洋艦、駆逐艦まで見渡す限り整然と並んだ連合艦隊の観艦式の光景です。その翌年には太平洋戦争が始まり、それまでの日中戦争では中国大陸での陸軍が主役だったのが、以後は太平洋での海軍の戦いへと舞台が移行したことを考えると、あの観艦式はなかなか象徴的でした。

次のゼロは一九五〇年……敗戦後やっと一息ついたところへ、隣国で朝鮮戦争が勃発した年です。しかし私は前の年から結核で寝込んでいました。

一九六〇年は日本国じゅうが日米安保条約反対闘争で沸き立った年でしたが、病気で五年進学が遅れた私が、やっと大学を卒業し、それと同時に結婚した年でもありました。

一九七〇年は、これまた全国で学園紛争が燃え上がった年ですが、私の個人史としては、最初の妻と離婚した年で、まだ芥川賞をいただく二年前、といういわばどん底の時期でした。

一九八〇年は、韓国では光州での蜂起と弾圧、イラン・イラク戦争勃発など、騒然とした国際情勢をよそに、国内ではいよいよバブル期に突入しようという、安定と好況の時代の幕開けでした。再婚ののち二児を得た私にとっても、マイホームも建ち、また母親も天寿を全うし、まあまあ人生の或る形が纏まったと言ってもいい時期でした。

一九九〇年は、ベルリンの壁の撤去、ソ連の崩壊など世界は大変動の兆しをみせ、国内でもバブルに翳りが見えて、時代の変わり目が予感され、我が家でも長女の不登校など、いろいろ問題をはらむ時期が始まりました。

その長女も今では二児の母となり、主婦として元気に頑張っていますが、こうして考えて見ると、年号にゼロの付く年は、それぞれの時の流れの節目節目となって、その時期の輪郭をくっきり浮かび上がらせているような気がします。やはりゼロという数字はなかなか疎かには出来ないもののようです。
そんなゼロが三つも並ぶ今年は、いったいどんな年になって行くのでしょう。

（新潟日報　二〇〇〇年一月一日）

実生

わが家の敷地の隣に、松の茂ったごくささやかな丘があります。近くのお寺の地所なのですが、市役所の「みどり課」が借り受けて「緑の広場」と名付け、市民に憩いの場として提供しています。

もうだいぶ以前から松の木の枯死の多発が全国的な現象として報じられていますが、私の暮らす南関東も例外ではなく、むしろそれが特に顕著なようです。

二十数年前にここに暮らし始めた当座には、我が家の窓からは鬱蒼たる松林の向こうは全く見通しが利かなかったのに、今では松の幹の間から向こうの明るい空がよく見えるようになってしまいました。

その小丘を散策するのを日課のようにしている私は、いつしか足元の雑草に紛れて様々な樹木の苗が顔を出しているのに気が付くようになりました。おそらく、いままでは日陰だった地面が、松が枯れたおかげで日当たりが良くなり、そこに鳥や獣や風などに運ばれて来た樹木の種が芽を出し始めたのでしょう。

私の暮らす地方では、人々は松と言えば東海道の松並木を思い浮かべますが、しかし、物の本によれば、松は東海道筋の本来の植生ではなく、人工的な植林なのだそうです。そうだとしたら、この小丘の松林も自然林ではなく、いつの頃にか防風か防砂のために植林されたものなのでしょう。

植林されたその松の枯死によって、いまこの小丘は、はからずも、むしろこの土地に固有の本来の植生へと、立ち戻り始めているのではないでしょうか。

そう気が付いて、更めて眺め直してみたら、このほんのささやかな丘の上には、草の仲間にまで言及したらキリがないので、樹木にだけ的をしぼってみても、優に五十種類を超す木々が育ち始めています。榎《えのき》、櫟《くぬぎ》、楢《なら》、楓《かえで》、櫨《はぜ》、椋《むく》の木、栴檀《せんだん》、公孫樹《いちよう》などの落葉樹のほかに、楠《くすのき》、椨《たぶ》の木、藪肉桂《やぶにっけい》、椎《しい》、樫《かし》などの広葉常緑樹や、梶《かじ》の木、木《き》萩《はぎ》などの低木も多いです。その中には、これまで松の群に紛れて目立たなかったが、いまや俄然主役に躍り出た感のある成木もありますが、しかしその大多数は前述のように近年自然に芽生えた実生の苗木たちです。

まさにこの小丘はいまや転換期にさしかかっていると言っていいでしょう。もちろん、こうした実生の苗たちのうちには、自然淘汰されて消えて行くものも多いことでしょう。でも、人の手の加わらないそうした自然な樹木たちの消長が、結果として、この土地に固有で自然な、本来の林というものを再現してみせてくれるとしたら、私としては、是非ともこの目でそれを目撃したいものです。

尤も、今は市民に開放されているとはいえ、人様の土地をタネにしてそんな勝手な夢を膨らますのも、考えてみれば僭越な話です。

いやそれよりも、もっと大きな難点があります。この実生の苗たちが成長して、そんな新しい林を形成するまで、到底この私の寿命が保つ筈がありません。やはりこれは年頭の夢として楽しく空想を膨らますに留めておくことにしましょう。

（新潟日報　二〇〇一年一月一日）

非視覚的人間

最近、連れ合いとの会話の中に――駅前のどこそこの店がおでん屋からクリーニング店に変わった――とか、コンビニの跡地にマンションが建ちはじめた――とかいった話題がよく出るようになりました。それも昨今の世相の反映なのでしょうが、問題なのは、そう言われるまで私がそれに気付いていなかった場合が非常に多い、という点です。話に出た建物の前の道を私も毎日のように通っている筈なのに、そう言われるまで町並みの変化を自力ではなかなか発見出来ません。これは必ずしも老化のせいだけではなく、思い返せば私は昔からそうだったような気がします。

連れ合いは絵描きなので、さすがにご近所の景観の変化は、微にいり細に亘ってただちに気付きます。やはり絵描きは視覚的だ……というか、視覚的な人間が絵描きになる、と言ったほうがいいのかも知れませんが、しかしまあこういった町並みの変化などは、むしろ気が付く方が普通なのかも知れません。

　しかし、私の側から見れば、一度も入ったことのないおでん屋が、必要もないクリーニング店に変わったからといって、自分にはなんの関わりもないから、気が付かない方が当たり前なのです。却って、自分に関係があろうがなかろうが目に映りさえすればすべて意識に入って来て記憶にインプットされる、という人間の方が、私にはどうにも不思議で仕方がありません。一口に言えば、私にとって、外界とは、自分が関心のあるものだけが存在し、関心のないものは存在しない……というか、自分の中の想念に落ち込むと、体の居る場所ではなく心の居る場所に自分の存在が移ってしまう、ということなのかも知れません。尤も、いくら主観的にはそうでも、客観的には体はちゃんとその場に居るのだから、なにかと拙い現象も起こって来ます。

　私が自分のそういった傾向が必ずしもひとりだけのものではないらしい、と気付いたきっかけの一つは、ふと目にした或る有名な女優のエッセイでした。彼女は自分で車を運転していた時、真っ直ぐ前をしっかり見つめたまま、道の真ん中の大きな穴へ、まともに車を突っ込ませてしまい、同乗した友人に呆れられた、というのだ。

　そう言えば私も、バイクで細道から大通りへノンストップで飛び出し、危なく別のバイクと衝突しかけたことがありました。相手の若者がきわどく避けてくれたから事なきを得ましたが、彼もさすがに腹に据え兼ねたらしく、すぐさまわざわざ引き返して来て、バカヤロウ、と怒鳴って再びUターンして行きました。私としては返す言葉も無く、いたく反省しましたが、明らかにその時私の意識はバイクに乗車しては居らず、書きかけの小説の世界に完全に入り込んでいました。それ以来、私は乗り物の運転をやめています。

そんなエピソードの積み重ねのうちに、私は、人間というものは視覚的人間と、非視覚的人間といった二つの人種に分けられるのではないかと思うようになりました。そしてまことに残念なことには、私は明らかに後者の仲間に入るようです。

（新潟日報　二〇〇二年一月一日）

「無理」の効用

新年早々病の話題は不景気で申し訳ありませんが、直ったという話だからご勘弁を。

半年くらい前から、左の肩が痛くて動かなくなりました。診察してもらったら、五十肩だと言われました。八月に古希を迎えた身が五十肩とは？　と訝ったら、五十歳以上は何歳になっても五十肩というのだそうです。

普通は五十歳を過ぎるとあまりこんな症状は起きなくなるので、五十肩になったのは歳よりは体が若いせいだ、などと慰められましたが、そんなことを言われても現に痛いのだから嬉しくもなんともありません。

そういえば連れ合いの花粉症も加齢とともに毎年症状が軽くなってきました。アトピーやアレルギーも同様らしいです。病気でさえも若さの特権という場合があるのですね。

ところで私の肩は、痛いので左手をなるべく庇って右手ばかり使って暮らしていたら、ひと月ほどしてマッサージに行くと、先生に「貴方の左肩には筋肉が全然ありませんよ」と言われ、ショックを受けました。齢を取ると、筋肉は、ひと月使わないだけで無くなってしまうのですね。

先生には「なるべく痛いことをしなさい」と指示されました。痛くないことばかりやっていると、痛いところまで腕が動かないまま関節が固まってしまう。普通五十肩が直ったと思っている人の多くは、痛い所まで腕が動かなくなっただけなのだそうです。勿論息が詰まるほど痛すぎるのはいけないが、その寸前まで痛いことをするのは必要だ、と言われました。

それまでは、なるべく左腕が痛くないようにして暮らしていたが、それ以来私はなるべく左腕が痛くなるように暮らし始めました。まるでマゾヒストみたいだ、などとぼやきながら、時には呻き声を上げつつ三ヶ月ほど頑張っていたら、ある時から急に痛みが薄らぎ、みるみる腕が自由に動くようになりました。

なるほど痛い時には却って痛くする方が直る場合もあるんだなあ、と感じ入った私は、その時ふと、もしかしたらそれは体ばかりの話ではないかもしれないなと思い付きました。精神的にも、同じようなことが言えるのではあるまいか。

現代はストレス社会といわれ、人々はなんとかしてストレスを減らそうと日々努力しています。ところが、いつぞや目にした記事で、或る著名な心理学者が、人間の心には適度なストレスが必要だ、と語っているのを知りました。過度のストレスは勿論有害だが、ストレスが全く無くてもいけないのだそうです。

ストレスを避けて、無理をするまいと努め過ぎると、ちょうど私の左肩のように、心の筋肉が無くなってゆき、以前は無理なく出来たことが今では無理になり、精神的に無理でない範囲が次第次第に止めどなく狭まっていってしまう。

むしろストレスに逆らって、精神的に適当な無理をすると、無理でない範囲を広げていける。こうして、以前には無理だったことが今は無理なく出来るようになる。つまり自分の精神的な可能性が広がる。

勿論、そんな努力が自分以外のものの為に悪用されるのは警戒しなければなりません。あくまでも、それは自分の精神的な可能性のためにするべきなのですが。

（新潟日報　二〇〇三年一月一日）

一杯ひっかけて

めでたく新春を迎え、今頃はお屠蘇に続いて、上戸《じょうご》の皆様は今年初めての一杯を味わっておられる刻限かもしれませんね。本年もできるだけ美酒を楽しむ余裕に恵まれたいが、同時にお酒にまつわるトラブルには縁のない一年にもしたいものです。

昨年は、バスや電車の運転手が一杯ひっかけて乗務し事故を起こしたりする事件が重なりましたが、そんなニュースを目にする度に私は思わず首を竦めました。私もときたま一杯ひっかけて仕事することがあるからです。もっとも私の場合はあまり事故など起きる心配はないですが。

私は聴衆を前にして喋るのが大の苦手で、講演の類いは可能な限り辞退するようにしています。しかし浮き世のしがらみや生計《たっき》の必要に迫られてそんな仕事もせざるを得ない場合もあります。そうなると私は当日の一週間前あたりから胃が痛くなります。

もちろん予め入念に喋る内容は準備するのですが、いざ演壇に上がると舌が縺れてうまく言葉が出て来ない。しどろもどろになって自分が何を言っているのか判らなくなり、一時間の約束で演壇に上がったのにうっかり途中を抜かして十五分で喋り終わってしまい、司会者を慌てさせたこともありました。

私は喋るのが苦手だからこそ、モノを書いているんだ。そんな人間に喋らせる方が悪い……などと、負け惜しみの独り言を呟いてみても、後の祭りです。

かくて講演の類いは私の長年の恐怖の的になっていましたが、あるとき耳よりな話を聞きました。高名な作家で講演の名手として聞こえた某氏は、直前に一杯ひっかけてから演壇に上がる、というのです。

えっ、そんなことが許されるの？　と驚きましたが、同時に百万の味方を得たような気持ちにもなりました。なにしろ、あの作家がやっていて、しかもうまくいっているのです。

さっそく私はある講演の際に恐る恐るその真似をしてみました。なんと、舌も縺れず、自分の話の内容も聞こえ、聴衆の顔の見分けさえつくではないですか！

こうして、私はすっかり味をしめました。つまり講演などの直前にちょっぴり一杯ひっかけるようになってしまったのです。

ただし、それにはそれだけの配慮が必要だ、ということも追々判ってきました。たしかに一杯ひっかけると緊張が解けて舌も滑らかになりますが、しかしリラックスすればそれだけ注意力も散漫になります。従って事前の準備は従来に倍する配慮が必要です。

しかし、当日までの一週間のあの胃痛が解消したことを思えば、そんな労力など物の数ではありません。

先日も、ある講演の前、昼食のお蕎麦とともにちょっと一口銘酒を嗜んでいたところ、後から来店した中年のなかなかチャーミングな女性と相席になりました。

その直後、私が会場に出向いたら、待っていた聴衆に交じって、演壇のすぐ前の机にその女性が着席していました。

私はなんだか犯行現場の目撃者と同席しているような気分になり、その日の講演は却ってしどろもどろになってしまいました。

（新潟日報　二〇〇四年一月一日）

便利の不便さ

先夜、出先から帰ると、不思議な留守電が入っていました。聞いたことのあるような、ないような男の声で「……もしもしミヤハラさん、いまどこですか？　改札口に居ますから、連絡下さい」とそれだけです。

家の電話に掛けて来て「どこですか」もないもんだ、と思うし、「連絡下さい」と言われても改札口には連絡のしようがない上に、どこの駅の改札口かも判らない。だいいち名乗りがないので誰が掛けて来たのかさえ判らない。

なんでこんな電話が掛かって来たのかと私は暫く考え込んでしまいましたが、やがてふと気が付きました。きっとこのご当人は自分ではケイタイからケイタイへと通話していると錯覚しているのだろう、と。

ケイタイに向かってならば「いまどこですか？」と訊いてもべつにおかしくはない。

ディスプレーには通話者の名前とアドレスが表示されるから、いちいち名乗る必要もないし、すぐ折り返し「連絡」も返してもらえる。

なるほどケイタイなどという便利なものが普及すると、こんなヘンなアクシデントも生まれるんだなァ、と私はなんだか感心してしまいました。ではこんな電話を掛けて来たのは誰だろうと考えると、私の知り合いにはこんなことをしそうな連中がいくらでも居るので、未だに犯人はつき止められていません。我々の年配の人間にはイエデンとケイタイの使い分けだって不慣れでたいへんなのです。

先日連れ合いが銀行のＡＴＭを利用しに行ったら、すぐ前の番の人が操作を何度も誤り、もたついてさっぱりラチが明かないので、たまりかねて連れ合いが代わりに操作してあげたそうです。

「ところがね、それが、私が難産で大出血した時に見事に緊急手術して助けて下さった先生だったのよ」と連れ合いは憮然としていました。

いまでは小学生でも難なく使いこなすＡＴＭの操作を、連れ合いの命を救って下さった名医の黄金の指先が、どうにも扱い兼ねてギブアップしてしまう、というのも、ヘンな話のようですが、それとこれとは頭や神経や指の使い方が全然ちがうのでしょう。

しかし、逆にオートマチックに慣れた世代に降り掛かる災厄というものもあるようです。

いつぞや街頭で、妙齢のお嬢さんが、とあるお店を出ようとして、透明ガラスのドアにしたたかにおでこをぶつけたのを目撃したことがあります。

あれはおそらく、音もなく開閉する自動ドアに日頃慣れすぎていて、たまたま手動だったドアが、てっきり自動的に開くものと予断してしまったのでしょう。ガラスが割れるほどにはお嬢さんのおでこが頑丈でなかったのが不幸中の幸いでした。

これなども、ドアというものは手で開けるものと決まっていた昔には考えられなかったアクシデントでしょう。便利には便利の不便さというものもあるようです。

（新潟日報　二〇〇五年一月一日）

「新語」と「美しい日本語」

美しいが死んでいる言葉と、美しくはないが生きている言葉と、どちらを選ぶか。こう訊かれたら、私なら後者を選びます。言うまでもありませんが、死んでいるとは退屈なという意味だし、生きているとは新鮮なという意味です。

こんなことは当たり前じゃないかと思われますが、必ずしもそうとは断定出来ない。世の中には美しい死体の剥製のほうが美しくない生体よりいいという人も居るだろうし、美しいドライフラワーの方が美しくない生花より好きという人が居てもいい。そんなことはご当人に任せておけばいいのです。

このごろ、美しい日本語を守ろう、という主張をよく目にします。勿論それには傾聴すべき点があるのですが、しかしそれが、新しい時代の新しい言葉への要求や言葉の進化論のメカニズムを無視し、ただ「昔ながらの日本語の美しさ」を、固定的にすべての人々に一律に押しつけるものだとしたら、私は首を傾げないわけにはいきません。

世の中は好むと好まざるとに関わらずどんどん変わって行きます。そうすると当然、昔の人が知らない新しい出来事にも私たちは出会います。それを、今までの出来合いの言葉ではどうしても表現出来ない場合もあるでしょう。そんな時若い人たちは今まてなかった新しい言葉で表現しようと試みます。

その試みが成功した時には、それは美しくはないかも知れないが生きた言葉になります。するとみんながそれを真似します。そして流行語になります。最初は生きていた言葉も流行するとたちまち死んでしまいます。こうして、次々に新しい言葉が生まれ、使い捨てにされて行きます。

それでも、次々に新しい言葉が生まれて来ます。それは、若い人たちが、今の自分の感情や感性を今までの言葉ではうまく表せないと感じていることの証拠ではないでしょうか。その場合の言葉とは、意味内容に止まらず語感やリズムも含まれます。

前述のように、そんな新語の大部分は使い捨てです。寿命は短い。でもそれが生まれた瞬間にはそれはいずれも新鮮です。

私は、言葉の進化論なるものを唱えたことがあります。ご存じのように生物は、アトランダムに起こる突然変異が環境によって選択的に自然淘汰されることで進化するのですが、言葉も突然変異的に生まれる数多くの新語が自然に淘汰されて進化して行くものではあるまいかと思うのです。

生物も、突然変異がなかったら永久に進化しなかった。言葉も、新語が次々に生まれては消えて行かなかったなら、いまの私たちは未だに万葉集のような言葉を使って居なければならなかったでしょう。言葉は生き物だ、とよく言われますが、言葉の進化も生き物と同じではないでしょうか。ですから、次々に生まれては消えて行く多くの新語は必要なのです。

（新潟日報　二〇〇六年一月一日）

冬の白と赤

私の住む湘南地方では、冬の訪れの最初のサインは白い富士山です。空の西の果て、箱根の山々の背後に黒々と聳えていた富士山が、一夜にして白富士と化すと、私達は、ああ冬がすぐそこまでやってきたな、と思います。

富士山は四季それぞれのサインを私達に届けます。

春に一度、秋に一度、太陽が富士山の真後ろに沈む日があります。それが快晴の日だと、煮えたぎるような丸い太陽がそのてっぺんに沈んだ瞬間、真っ黒な富士のシルエット全体が、まるで燦然たる後光を背負ったようになります。

春から夏にかけて日没地点は富士から次第に北へずれて行き、そして夏至を過ぎると再び南下し始め、また富士を通り過ぎて、やがていちばん南まで下がると、その日が冬至です。

こうして、私達にとっては日暮れの富士山は、いわば季節を示す巨大な日時計です。旧幕時代の江戸では、街の東西を走る街路はすべて富士山に向かって延びるように都市づくりがされていた、と聞きました。きっと江戸の町の人々にとっても富士山は同じような存在だったのでしょう。

富士山が白くなると、庭や道端に赤い実が目立つようになります。鉢植えの千両や万両、垣根のピラカンサ、植え込みのクロガネモチやサンゴジュなどがとりどりに赤い実をたわわにつけ、秋の花や紅葉が終わって寂しくなった戸外を彩ってくれます。

冬が深まるにつれて、次第にその赤が減って行き、やがてすっかり姿を消します。どうしたのかと言えば、それらはみんな小鳥のお腹の中に納まってしまうのです。

その順序は、美味しいものから先に無くなって行くのだそうです。ピラカンサがなかなか無くならないのは、小鳥にとっては不味いからだ、と聞きました。小鳥にもけっこうグルメ嗜好があるようですね。

戸外に赤い実が見えなくなると、そろそろわが庭の餌台が賑わい始めます。

ハト、ムクドリ、ヒヨドリ、スズメ、カワラヒワ、シジュウカラ、メジロ……。

これはなんの順序だと思いますか？

これは、えさを食べる優先順位です。

ヒヨドリは図体では勝るのにムクドリに席を譲りますが、でもスズメやカワラヒワは理不尽に追い散らします。シジュウカラはスズメたちの隙をうかがってヒマワリの種を一つだけ銜えては逃げ出します。

カラスは暴漢のように、オナガは群盗のように、餌台を襲い、嵐のように去って行きます。

南関東の冬は植物も小鳥も北国とはだいぶ違うのでしょうね。

雪深い北国から比べれば、南関東の冬は過ごし易く、恵まれているように見えます。でも北国はそれを補って余りあるさまざまな幸に恵まれ、お互いに差し引き勘定の帳尻が合っているのではないでしょうか。

（新潟日報　二〇〇七年一月一日）

年寄りは忙しい

何に忙しいのか、といえば、勉強に、です。

この忙しさには老後の趣味や教養のためのカルチャー教室の忙しさなどは含まれていません。もっと切実な忙しさです。

取り敢えずその筆頭は、ケイタイやパソコンの使いこなしの勉強です。昔は年寄りの役割は若者にいろいろ教えることでした。冠婚葬祭、祝儀不祝儀、不時の災害や疫病などへの対処など、思案に余ることが起きると、人々は村の古老に伺いをたてました。今では、年寄りの私は、小学生の孫の帰宅を待って、パソコンの扱いについて教えてもらわねばなりません。

現役の仕事から引退しても、今やケイタイやパソコンと一切無縁に生きていくのは難しい世の中になりました。図書館へ行っても、在庫図書の検索でパソコンに触らないわけにはいきません。銀行のＡＴＭもガソリンスタンドなどのセルフサービスの利用も、年寄りはいちいち初歩から学ばなければなりません。

そういった実用的な勉強も忙しいけれども、むしろ、もっと本質的な勉強も、今の年寄りには大いに必要です。

というのは、ミレニアムに七十歳以上の年寄りは、二十世紀の半ばには大体学校での勉強を終わっています。ところが、二十世紀の後半、特に一九六〇年代には、それまでの人々の常識を覆すような大発見がけっこう続出しているのです。

例えば、今では常識となっているプレートテクトニクス理論もそうです。地球上の諸大陸の生成や地震や噴火のメカニズムを解明するこの理論を、私は学校で習った覚えがありません。なぜなら、そんな理論が確立されたのは、私が大学を卒業した後だからです。

そんな例は、他にも、ＤＮＡの二重螺旋構造だとか、宇宙のビッグバン生成理論だとか、挙げればキリがありません。

ですから私たち年寄りは、今の世の中では常識になっている基礎的な知識を、学校ではなく社会に出てから自学自習で身に付けねばならないのです。

それは、大袈裟に言えば、例えば学校では天動説しか教わらなかった時代の人間が、卒業してから、地動説が常識になっている時代に生きていくために自学自習しなければならないようなものです。

今の年寄りが普通に生きていくには、日常の必要のためにも、世界の根源的な把握のためにも、学校で学んだ知識のほかに新しく自分で学ばなければならない。まったく忙しくて悠々自適どころの騒ぎではありません。

お正月は皇室の講書始を筆頭に、書初、読初、初硯、その他、心を新たにして勉強をスタートする行事が並びます。今年も私たち年寄りは年頭から気合をかけて大いに勉強しましょう。

（新潟日報　二〇〇八年一月一日）

失せ物

わが子たちが幼かった頃は、冬の初めは「失くしたボールが出てくる季節」でした。紅葉も散り尽くし、下草も枯れ尽くす頃になると、庭隅の裸になったドウダンツツジの陰などから、夏の頃に木陰に転げ込んで失われたゴムボールなどがひょっこり見つかります。庭だけでなく、公園脇の小道の枯れた草むらから幼児用の緑色のボールが転げ出して来たりします。

私が子どもの頃は、戦中戦後で、ボールなどは宝物のような存在だったから、もし見失ったら血眼になって探し回り、日が暮れてもまた翌日探しに出向くくらいだったので、この季節になっても滅多にボールなどが転げ出したりせず、もしそんなことがあったらたちまち素早く誰かの戦利品になってしまったので、道端でそんなものが目に入るチャンスもありませんでした。だから、わが子やその仲間がロストボールに、さほどの執着も示さずにあっさり諦めてしまうことにも、また冬の散歩のついでにそんな遺失物をやたらに見かけることにも、なかなか慣れることが出来なかったものです。

ボールに限らず、刈り入れや収穫の終わった裸の田畑から、失くしたと思っていたタオルやバンダナ、あるいは小銭入れなどがひょいと出てくるのもこの季節なのではないでしょうか。

関東地方に住む私には経験がないが、雪国には、もうひとつの「失せ物が出てくる季節」があるのかも知れません。それは春の雪解けの季節です。根雪が遂に融け失せ、黒い大地が再び現れてくるにつれて、失くしたと思っていた手袋の片方とか、自転車の鍵とか、眼鏡のケースなどがひょっこり出てきたりするのではないでしょうか。もっともゴミの入ったビニール袋とかコーヒーの空き缶などがおもむろに現れてきて、人々をうんざりさせることもあるかも知れませんが。

失せ物が出てくるチャンスというと、他に大掃除があります。年末は一家総出で大掃除をする、というような風物詩は、今や残っているかどうか定かではありませんが、とにかくいつぞや散々探してどうしても見つからなかった書類の束がテレビの裏から出て来たりするのも大掃除の折です。だが、ふと出てきた古雑誌につい読みふけって、連れ合いにどやされるのもこんな時です。

引っ越しも、家中引っくり返している際中に思わぬ見付け物をするケースのひとつですが、しかし、これはむしろ引っ越し後に何処へ仕舞ったのか判らなくなって二度と見つからないというデメリットの方が圧倒的に大きいようです。白状すると、私も二度ばかり引っ越したお陰で、芥川賞で頂いた副賞の時計をどこに仕舞ったのか、未だに思い出せないのです。

（新潟日報　二〇〇九年一月一日）

私の橋

二〇〇九年十二月五日、「新潟日報」第一面に載った信濃川の上に架かった虹の写真に目を惹《ひ》きつけられました。

実は私も十一月の中旬に新潟市内で、信濃川の上に架かった虹を見たのです。一瞬、同じ場所かなと思い、急いで地図を取り出して調べてみたら、どうやらだいぶ違うようで、私は朱鷺メッセの脇から、信濃川の河口の上の虹を見たのですが、写真はときめき橋の上の虹を本社屋上から撮ったというキャプションがついていました。でも、なんだか思わぬ知己に再会したようで懐かしかった。

当日、私は残念ながらときめき橋は通らなかったようですが、でも万代橋を通った折には、特別の感慨がありました。というのは「新潟日報」コント欄への応募作には度々万代橋が登場するので、私は何時の間にかすっかりお馴染になってしまっていたからです。きっと万代橋は新潟市に生まれた方たちには、特別の思いのこもった橋なのでしょうね。

万代橋に限らず、どこに生まれた人間にも、思い出のこもった橋というものがあるのではないでしょうか。

私にとってそれにあたるのは、どの橋かなと考えました。どうも私の橋は、万代橋とは比べ物にならないような小さな、しかも陸橋、ということになってしまうようです。

それは、昔横浜市の前身だった神奈川宿から、幕末維新史によく登場する生麦事件の現場跡へと通ずる東海道筋のちょうど中間あたりの、その東海道を、ばっさりと切断した切り通しの上に架かった陸橋です。おそらく、日本で初めての鉄道が新橋桜木町間に開通する時、掘り開かれた切り通しなのでしょう。

私が生まれて初めて渡った橋が、その橋ではないかと思います。というのは、地域の氏神様が、わが家からは、その橋を渡ったすぐ向こう側の東海道筋にあったからです。

橋について未だに憶えている私の最初の思い出は、兄姉に連れられて暗い夜道を辿り、その橋を渡ると突然眩しい夜店の列が現れる、というお祭りの光景でした。私にはその橋が日常の世界から非日常の世界への境目でした。

陸橋ですから、橋の下には水はなく、東海道線の列車が通ります。当時はまだ、列車を牽引する電気機関車の合間に、ときたま蒸気機関車が混ざっていました。子供の私たちは、線路の真上の橋の真ん中に陣取って蒸気機関車が来るのを待ち受け、その煙突から吐き出される白い蒸気の雲にすっぽりと包まれる度に至上の陶酔を覚えたものでした。ときには黒い煤煙に包まれるという災難にも見舞われましたが。

些細なものだけれど私にとっては揺り籠のように優しい橋の思い出です。

（新潟日報　二〇一〇年一月一日）

人工の田園

私の幼少年時代は太平洋戦争以前でしたが、それでもすでに私のような大都会横浜生まれの者は、自然に触れて育つ幸せには恵まれませんでした。

そんな人間のお正月の遊びの思い出は「原っぱ」と常に結びついていました。羽根突きも凧揚げも独楽回しも、みんな原っぱが舞台でした。夏のトンボ捕りも、蝶やバッタやトカゲを追うのもそこでした。女の子が四つ葉のクローバーを探したり野の花でレイを作ったりするのもそこでした。

都会の子供に辛うじて恵まれた自然……それが原っぱでした。

しかし原っぱは、決してありのままの自然ではありません。その表面は一面に雑草に覆われていましたが、岩石や樹木は取り除かれ、平らに整地され、多くはその四周が直線的でした。

要するにそれは、ゆくゆくは住宅や店舗を建てるために造成され、取り敢えずは放置されている予定地だったのですね。事実、そんな原っぱの一つに急に人の手が入り、建て前が始まったりしたものでした。

先日、わが家の近所を散歩していたら、なんとも懐かしい風景に出会いました。その一角は一面が雑草に覆われ、それが霜枯れて色褪せ、その中に僅かに緑やら鮮やかな草紅葉が混ざり……まさにそれは、私が幼い頃、お正月に遊んだ原っぱの風景そのものでした。

帰宅して家人に訊いて見たら、そこはお年寄りのご夫婦二人暮らしだったのが、ご夫君が亡くなり、未亡人も体調が優れぬとのことで、手入れもままならぬお庭が「原っぱ化」したわけでしょう。

こんな形で懐かしい原っぱが再現されるのは、あまり嬉しくはありませんが……。

そういえば、このたび、わが街のＪＲ駅前の大工場が他所に移転し、その広大な跡地が再整備を待っています。間もなくそこには巨大ショッピングモールやら高層マンションやら、大病院やらが建つという話ですが、今のところはまさに見渡す限りの原っぱ状態です。

春夏は初々しい、あるいは猛々しい雑草の緑に覆われ、雨季には思わぬ水溜まりがあちこちに出現し、折々の野の花に一面に彩られます。

こういう空間を目にすると、私の中の原風景がやおら蠢きだします。ふらふらとその中へ……子供時代の原っぱの中へと彷徨い込みたくなります。

まさかいい歳をして柵を乗り越えて侵入するわけにもいきませんが、しかし、地域の子供たちにせめて今だけでもこの原っぱを開放して遊ばせてやりたいなーと、しきりに思ってしまいます。

でも、家人に言わせると、とんでもない、もしそんなことをして事故でも起きたら、管理者の責任問題でおおごとになる、とのことでした。

原っぱという都会のささやかな疑似自然さえも、いまは子供たちから取り上げられているのですね。

もっとも今の子供は、雑草と虫ケラしか存在しない原っぱに置かれても、何をやっていいか判らず、街のゲームコーナーのほうがいいと言うかも知れませんけれど。

（新潟日報　二〇一一年一月一日）

「老術」の勧め

お若い読者には申し訳ありませんが、暫くお付き合い下さい。いずれは行き着く道ですから。

剣には剣術があるように、老いにも老術があっていいのではないでしょうか。

剣術の極意は、相手の剣に逆らわず、かえってそれに乗ずることだと聞いたことがあります。

過日お知り合いの医学者の講演を拝聴したら、いわく、老人が猫背になるのは、それが老人の肉体にはいちばん無理のない姿勢だからなので、それに逆らって若く見せようとして背筋をピンと伸ばすから老人には腰痛が多いのだ、と。ううむ、これはまことに示唆に富んだ指摘であります。老術の極意も、老いに逆らわず、それに乗ずる道を探ることではないでしょうか。

私の周囲の老人たちの間では、このところ蹴躓いて転ぶ事故が頻発しています。だから足を鍛えて蹴躓かぬように気をつけようというのは、これは老いに逆らうことではないでしょうか。老術の極意としては、まず蹴躓くことに逆らわず、上手く蹴躓く修行をすべきであります。朝起きたら、まず危なくない場所で、わざと何度か蹴躓いてみるのです。そして、しなやかに踏みとどまるコツを探究します。蒲団の上か何かで実際に蹴躓いて転んでみれば、なお良いでしょう。なるべく安全な転び方が身についたら、ベストです。

自分では初めて語っているつもりの意見が、実は相手にとっては耳にタコができるくらい何度も聞いた話だ、というのもこれまた老人にはありがちのことです。この場合も、同じ話を繰り返すまいと努力するのではなく、自分は同じ話を繰り返すに決まっていると観念して、どんな話の折にも必ず「マ、これは前にも言ったが……」とさりげなく付け加えておくのが老術というものです。そうすれば聞く方も、アアこの人は知っててわざと繰り返してるんだな、それほど重要な意見なんだな、と納得してくれるでしょう。仮にそれを初めて聞いたとしても、相手は、ハハアこの人はどこか別の席でこの話をしたことがあるんだな、それほど重要な意見なんだな、と誤解してくれるでしょう。

「手帳は脳の一部です」というのも老術のスローガンの一つです。これも必ず物忘れするという大前提に基づいています。その日の予定を当日になるところっとド忘れして寸前になって思い出して慌てる、などというのはマシなほうで、翌日になって気がついて四方八方に平謝り、といった苦い経験を繰り返した挙げ句、私はすべての予定を（「猫のノミ取りをする」などという予定でさえも）克明に手帳にメモしておくようになりました。しかしその手帳を見るのを忘れる、という場合がこれまたたいへん多い。やむなく今やダイニングの黒板に「手帳を見る」と大書してあります。ところが、時には黒板を見るのを忘れる場合があり、これにはいかに老術家といえどもまことに対処に苦慮しています。

（新潟日報　二〇一二年一月一日）

同じ色でも

人間到る所青山《せいざん》あり、の「青」と、ブルー・マンデーの「ブルー」とでは、同じ青でも正反対の意味だ、と知った時は、虚を衝かれる思いがしました。

昭和初年の世界大恐慌の勃発の日を示すアメリカ発の「ブルーマンデー」は、憂鬱な月曜日というネガティブな意味ですが、中国では「青山」は前途洋々といったポジティブな意味だそうです。

そういえばアメリカ音楽のブルースの起源は黒人奴隷の嘆きの歌だと聞きました。してみると、私たちにとっては明るいイメージの「青空」とアメリカの「ブルースカイ」とはもしかしたら別の空なのかも知れませんね。

それにつけても思い出されるのは、この目で見た二つの青です。

一つは沖縄の白砂の海岸で目にした晴れた日の浅瀬の、気の遠くなるような透明なコバルトブルーです。

もう一つは、ニュージーランドのマウントクックの上空を小型機で飛んだ折に目にした、純白の氷河のあちこちに生じたクレバスに差し込む日差しが、その深い裂け目の奥まで届く辺りの、神秘的なコバルトブルーです。

両者は色としては殆ど差がありませんでしたが、前者の心を蕩けさせるような至福の色と、後者のぞっと背筋の寒くなるような不気味な色とは、まさに正反対なブルーでした。

ニュージーランドと同じ南半球には、忘れられないもう一つの色があります。

オーストラリアの西海岸パースの名物の一つは、東海岸のケアンズやシドニーでは見ることのできない、壮大な夕焼けです。インド洋の大海原に沈む太陽が演出する全天茜色の大スペクタクル。

そしてこれもまた、もう一つの赤を想起させました。敗戦間近な一九四五年の或る夜半、横浜の我が家の屋根の上から、十三歳の私が父とともに眺めた、北の空の地平線を彩った茜色です。

隣の川崎市が夜間爆撃を受け、全市一斉に燃え上がった業火でした。だが何故か荒れ狂う炎を感じさせない、シーンと凍り付いたような茜色。父と私は言葉も無く、それをいつまでも眺めていました。
それからいくばくも経たず、私たちの横浜も、同じ業火によって、半日で消滅したのでした。

（新潟日報　二〇一三年一月一日）

馬雑感

北海道を除けば、日本の北端と南端の馬を私は見たことがあります。青森の下北半島東北端、尻屋崎の牧場で出会った「寒立馬《かんだちめ》」は、鬣や体毛が濃く長いのが目に付きましたが、おなかがでっぷりして脚も太く、茶色がかった体色もあまり冴えず、「上達部」と同音のその名から私が勝手に連想していた高貴なイメージからはやや外れていました。しかし話に聞けば、北国の真冬の酷寒のさなかでも、飼い主が寒さに配慮して馬小屋に閉じ込めると、嫌がって吹雪の牧場へ出たがって騒ぐということでした。寒がりの私などはその生命力の強さに驚嘆を覚えたものです。

日本最西南端、与那国島特有の「与那国馬」は、天然記念物になっていると聞いていたので、特別の施設で保護されているのだとばかり私は思っていたので、現地に着き、通りすがりの集落の道端で荷車を牽いている馬を、あれがそうだよと地元の人に教えられたときには虚を衝かれる思いがしました。一見した時、仔馬かと思ったら、それが成体なのだそうです。離島の生物は小型化する傾向があり、南の島で小型の象が発見されたり、いつぞやインドネシアの島の一つで、人類の祖先の原人の小型亜種の化石が出土したというニュースがありました。与那国馬もきっとそんな生物進化のいたずらの一つなのでしょう。

北海道の馬、いわゆる「ドサンコ」は、どうやら本州の南部馬の子孫のようで、北海道特有種というものではなさそうですね。

馬の利用といえばまず騎馬が思い浮かびますが、でも、ギリシャやローマの時代を描く映画では、戦争などではもっぱら馬の牽く戦車が主役です。騎馬が生まれた時期は、牽き馬よりもずっと遅かったようです。ユーラシア大陸の北部草原に散在していた遊牧民が、或るとき乗馬という技術を発明した時、それを利用して南部の農業国家から生産物を略奪するために統一が必要になり、初めて遊牧民の国家が生まれたのだということで、乗馬という発明が、まさに歴史の大きな転換点になったわけですね。

ところで、乗馬については、私事になりますが、大学の体育の授業に「馬術」を選んだのですが、一年間の授業のあいだ、全受講生のうちでただ一人、私だけがついに一度も馬を走らせることが出来ませんでした。どの馬も、私を背中に乗せると、私がどう指示を与えようが、いかに手綱を捌こうが、いかに馬腹を蹴ろうが、やがてしぶしぶ歩き出すだけで、最後までどうしても駆け出してくれませんでした。馬は利口な動物で、すぐ乗り手の人物を見抜くそうで、どうやら私はたちまち馬たちになめられてしまったのでしょう。

干支などあまり気にするのもナンですが、どうも馬とはあまり、それこそウマが合いそうもない私は、午年の年明けにあたって、この一年が無事に過ごせるように充分に気を引き締めてかかる必要がありそうです。

（新潟日報　二〇一四年一月一日）

七十年目の機嫌

いつぞや、ＴＶの旅番組を見ていたら、道すがらのお寺のご住職が「年寄りは機嫌良うしとるのが仕事や」と呟かれたのが、耳に残りました。さすが和尚さまは良い事を仰ると感服しましたが、しかし自分が年寄りになってみると、なかなかそうもいきません。

年末の新聞の川柳欄で「戦争を知らない子供古希になる」という句を見かけました。なるほど今年二〇一五年は、太平洋戦争終結の年一九四五年から七十年目に当たります。確かにこの七十年間、日本はただの一度も戦争をしていません。

ところでその一九四五年からそのまた七十年前に当たるのは、戊辰戦争がやっと終わってほっとひと息ついた頃の一八七五年です。その年からの七十年間に、数えてみると、西南戦争、日清戦争、日露戦争、第一次世界大戦、満州事変、日中戦争、太平洋戦争と、しめて七回の戦争を我が国は体験しています。七十年に七回、つまり平均十年に一回ずつ戦争をしてきた勘定になります。日本は平和国家どころか、けっこう戦争愛好国家だったのですね。

ところで、昔の戦争は、民衆にとっては概ね雲の上の出来事でした。たいへん迷惑ではあっても、当事者ではなく、ただの被害者でした。でも前述の明治以来の数々の戦争は（西南戦争を除いては）全国民の戦争でした。兵隊になって戦場へ行く若者たちだけでなく、女子供までが心掛けとしては兵隊と同じにならなければならなかった。太平洋戦争の頃小学生だった私と同世代の者たちは「国民皆兵」というスローガンのもとに育った世代ですので「銃後の小国民」は小さい兵隊という自覚を持って生きねばならぬと教えられました。そして軍国主義の世の中では、子供が真っ先に小さな軍国主義者になるのです。教育とはそういうものなのです。

子供時代の私たちは「戦争はいやだ」などと呟くお年寄りが居ると、「非国民！」と罵って責め立てました。

さて、今年から七十年後は、二〇八五年です。これからの七十年間は、どんな時代になるのでしょうね。ひょっとすると将来、お年寄りが自分の孫たちに「非国民」と言って突き上げられるような世の中になるかも知れません。

我々年寄りが機嫌よくしているのも、今後ますます難しいことになるのでしょうか。

（新潟日報　二〇一五年一月一日）

あたま

昨年、といっても年が改まる寸前の師走に、或るお笑いコンテストで、若禿げのコンビが禿げ頭のトークでグランプリを獲得したというニュースを聞きました。私としては、いわば、まあ一種の仲間として欣快に堪えません。

昔某雑誌の企画で対談したこともある同業の某氏に、最近某ホテルの階段の途中で偶然擦れ違った折、懐かしくて思わず気安く挨拶したら、相手は急いでにこやかに返礼してから、あとでしきりに首を傾げているのが、たまたま螺旋階段だったので、私からは目の下によく見えました。

考えてみたら、その昔、語り合った折には、私はふさふさとした長髪で髭なしでした。今の禿げ頭で白鬚を生やし老眼鏡をかけた私が何者か、彼にはまるっきり見当がつかなかったのでしょう。完全変装したも同様の今の私は、改めてちゃんと自己紹介をしなければならなかったな、と後悔しました。

尤も、私の場合には丸禿げというわけにはいかず、後頭部から耳の上に掛けて未練がましく白髪が残っているので、床屋さんと縁を切るというわけにもいきません。

ところで私は床屋さんに行く前は二、三日髪を洗う手間を省くことにしていました。どうせ散髪のついでに髪を洗ってもらうんだからと思ってのことです。ところがそれが連れ合いにバレて、なんという非常識なことをする、と烈火のごとく怒られました。

私は反論を試みました「お前さんは銭湯へ行く前にいちいち体を洗うか？」と。するとテキは「あんただって歯医者さんへ行く前には歯を磨くでしょう？」と一蹴します。こうして、床屋さんはお風呂屋さんの仲間か歯医者さんの同類か、というテーマで大論争が展開されることになりました。

その決着が中々つかないので、私は何人かの知人の意見を聞いてみました。返って来たコメントの中にこんなものがありました。

「古代や中世のヨーロッパでは、床屋さんは歯医者さんを兼ねていました」

うーむ、決定的な一撃。床屋さん、済みませんでした。今度から私もちゃんと頭を洗って行きます。

年明け早々なんとくだらない話題だ、とお怒りの向きもあるかと思いますが、平和でないとこんなバカ話も出来ないのですよ。願わくば、今年もオケガない平和な一年でありますように。

（新潟日報　二〇一六年一月一日）

若さ

「お若く見えますね」と言って頂く度に、そんな筈はねえだろう、と思いながらも、嬉しがらせようという相手のサービスには感謝しなければならないと思い直します。でも、正直なところ、年寄りが若く見えるというのは、そんなに嬉しがるようなことなのでしょうか。

私がまだハイティーンの頃、高校の仲間と手書きの回覧雑誌に、私が投稿した、自分では詩のつもりだったらしい、こんな断片が残っています。

「笹の葉を噛み、唇を少し切り、としよりになりたい、と、じーんと思った」

当時を思い出すと、私は自分の若さが嫌で嫌でならなかったようです。それもまた、思春期の感傷の一種だったのでしょうが、自分の中の過剰なものが重たくて堪らず、歳をとればそんなものがみんな拭い去られ、軽やかな心身になるのではないかと思っていたのです。こうして実際に自分で歳をとってみたら、老齢とはなかなかそんなわけのものではないと身に沁みてきたのですが。

ともあれ、少なくとも私が子供の頃までは、人のことを若いというのは必ずしも誉め言葉ではなかったような気がします。むしろ「あいつはまだ若いよ」といったニュアンスで使われるほうが多かったような気がします。若いというのは、大人になるまでのまだ未完成な段階という位置づけだったのでしょう。

一説によれば、ロックミュージック、ヤングファッションをはじめとする若者文化というものが、世界中で認知されるようになったのは一九五一年に発表されたサリンジャーの小説「ライ麦畑でつかまえて」が発端で、それは第二次世界大戦後、若者が世代としての経済力を身に付けたのが原因だそうです。

たしかに昔の若者は、少なくとも独身の間は、働いて賃金を得ても、それは家族を養うための費用の一部として概ね親の管理下に置かれ、自分の好みに従い自分で自由に使える金は微々たるものだった。ところが今や若者世代は独身貴族として、経済界から注目されるほどの独自の購買力を持つようになったのが、大人の価値観に対抗する若者世代の価値観を前面に押し出させ、「若い」ということが良いことだという概念が生まれたのだそうです。

言うなれば、「お若く見えますね」という言葉が誉め言葉になったのは、それ以来のことで、誉め言葉としての歴史は浅いのですよ。

（新潟日報　二〇一七年一月一日）

しぐさ

なんという映画のシーンだったのか今ではまるで記憶にないのですが、当時フランス映画界のスターだったジェラール・フィリップの一瞬のしぐさがなぜか数十年後の私の脳裏に未だに灼きついています。彼の扮する若い主人公が、訪問先の客間でにこやかに椅子に座るのですが、そのワンショットの、ズボンの膝をちょっとつまんで腰掛ける指先の動きがなんとも小粋で、私を惹き付けたのでした。

男の子が自分の容姿を気にしだすと、昔は（今も？）周囲の者は「あいつも色気づいた」などと冷やかしたものです。私も「色気づいた」頃には自分の容姿、とりわけしぐさが気になり、それを意識すればするほど、なお、ぎこちなくなって、それが恥ずかしくて堪りませんでした。そんな私は、常に美しい、或いは優雅な、或いは流麗な、或いは鮮烈なしぐさに憧れ、そのお手本を手っ取り早く映画スクリーンの中に求めたのでした。私は早速ジェラール・フィリップの真似をして、椅子に座る時は必ずちょっとズボンの膝をつまむようになりました。尤も、小粋につまむということは、これでなかなか難しく、時にはつまみ上げ過ぎてズボン下が見えてしまうこともありました。おそろしいことには、それはクセになり、八十代半ばになったこの歳でもまだ残っています。

　当時私の憧れたしぐさは他にもありました。それは、これも当時の日本映画界のスター石原裕次郎の歩き方でした。といっても、あのダイナミックなアクションシーンでの彼の俊敏な足捌きではなく、私の憧れたのは、長い脚を放り出すようにして気楽そうに歩くその歩調でした。ひところ私はその真似をして、もっぱら脚を交互に放りだすような、のんびりした歩き方に専念していました。

　しかしそのうち、たまたま学校の帰途に近所のおばさんと擦れ違ったら「足に怪我したの？」と訊かれました。その日から私はきっぱりとユウジロウアルキを止めました。短足の私にはあの歩き方はやっぱり無理だったようです。

　しぐさと言えば、私は一頃、目が隠れるほど前髪を伸ばして、それを物憂げに指先で掻き揚げるしぐさに凝っていたものですが、これもまた或る物故作家のスナップ写真の真似でした。

しかしそれから幾星霜、いまやいくら物憂げに掻き揚げたくても、私の頭には頭髪そのものがありません。やんぬるかな。

（新潟日報　二〇一八年一月一日）

ネーミング

後世から振り返れば、今年は我が国の年号の変った年として記憶されることになるのでしょう。

ところで私は、年号どころか我が国の国号が変った瞬間に立ち会った世代に属しています。小学生時代は「大日本帝国」という、いささか重量感のありすぎる国名のもとに生きてきた私は、中学生になって間もなく、それが「日本国」に変わったと知り、なんだか肩の荷が下りたような気がしたものです。

そんな事情は、わが国ばかりではなく、思えば、それ以来七十年余りの間に、私が思いつくだけでも随分彼方此方の国名地名が変りました。特に極東、南、東南のアジアについては、その辺りの名称の変りようには感慨深いものがあります。

東南アジアの島々のうち、当時私が「セレベス」として知っていた島がその後「スラヴェシ」に、「ボルネオ」が「ブルネイ」と「カリマンタン」に、それぞれ変わったのを始め、南アジアでも「ビルマ」が「ミャンマー」に、「セイロン」が「スリランカ」に変りました。一つの国が、「インド」と「パキスタン」と「バングラディッシュ」に分かれたのもその頃です。それらの旧名に私が何故そんなに拘るのかと言えば、太平洋戦争の初期、束の間の日本軍「大勝利」の数ヶ月の間、幼い軍国主義者だった私は、新聞の「大戦果」の記事を参考にして、当時の南アジアや東南アジアの地図の上で、毎日、日本軍の占領地域を赤鉛筆で塗りつぶしていたからです。

当時私は、その地域では現地の人々が砲火の下で死傷したり逃げ惑ったりしていることなど、考えてもみませんでした。

戦後の我が国周辺のネーミングの変更も、まことに目まぐるしいものがありました。私らの子供の頃見慣れていた「満州国」は消滅して「中国東北部」に戻り、当時日本領と教えられていた朝鮮と台湾の変遷も皆様ご存知の通りです。

東南アジア以外にも、戦時中「ベニス」と教わっていたイタリアの都市が、その後「ヴェネツィア」に、そして「フローレンス」と教わっていた筈の名前が「フィレンツエ」に、いつの間にか変っていました。名称は変らなくとも表記が変る場合もあるのですね。

これは地名ではありませんが「ギョエテとは俺のことかとゲーテ言い」という川柳には、吹き出しながらも、なんだか身につまされる思いがしたものです。

昔の知識と今のそれとが混在する私の脳内は、まことに混雑しています。

（新潟日報　二〇一九年一月一日）

三人のジャンヌたち

マララ・ユスフザイ、グレタ・トゥンベリ、エマ・ゴンザレス……近年ニュース面を賑わした、当時ティーンだった三人娘です。

マララは、ご存じの通り、教育を女性にも、と訴えて、過激派に狙撃され、それにも屈せず訴え続け、ノーベル平和賞を受賞したパキスタンの女性です。グレタは、地球温暖化を憂えて風力エネルギーのヨットで海を渡り、国連で化石燃料の使用禁止を訴え、その後も各国で訴え続けているスエーデンの女学生です。エマは、アメリカで頻発する銃の乱射事件で犠牲になる少年少女の数に堪りかねて銃規制を訴え、全米でデモを繰り広げた高校生代表の一人でした。

私たちの周囲にも、女性の教育、地球温暖化の阻止、銃の規制に賛成しない大人はあまりいないでしょう。そんな大人たちが、どうしてティーンの少女たちに先を越されてしまっているのでしょう。
十五世紀前半のフランスで、国土の殆どがイングランド軍に占領され、亡国の危機に晒された時、男装で母国軍の先頭に立って連戦連勝し、フランス王の戴冠式を実現させた十七歳のティーン娘がおりました。「オルレアンの少女」ことジャンヌ・ダルクです。

上記の三人娘もまたジャンヌの後裔と言えるのではないでしょうか。とすれば、今の地球は当時のフランスと同様に滅亡に瀕しているということでしょう。危機に際して立ち上がり、起死回生の底力を発揮し、大人たちに活を入れるティーン娘たち。

しかし、大人たちの対応はどうか？ ジャンヌ・ダルクは、後に母国の反対勢力に捕まってイングランド軍に売り渡され、火刑に処されました。その直接の罪状は、女の身で男装していたことでした。それが魔女の証拠だ、とされたのです。

現代の活発なティーン娘たちは、専らGパン姿です。現代のジャンヌたちも概ねズボン姿で飛び回っているようですが、さて、心ない大人たちによって現代の魔女裁判にかけられる畏れはないものか？ 私たちは心して彼女たちを見守って行く責務がありますね。現代のジャンヌの一人を「あんなガキ」と罵った某国の大統領や、「落ち着け」と揶揄する大統領、「情緒に欠ける」と顰蹙する大統領。十五世紀のジャンヌも、当時の権門から、そんな扱いを受けていたかも知れませんよ。

（新潟日報　二〇二〇年一月一日）

IV

寝巻

過日、

「遊行寺の宝物館で、一遍上人の寝巻が展示されるわよ」

新聞を見ていた連れ合いが告げたので、ホホウと思いました。

「やっぱりあれ程の人になると、寝巻まで宝物扱いになるんだな」

私が感心していると、連れ合いは聞きとがめ、

「いま何て言った？」

「だから、寝巻だろ、一遍上人の」

答えると、連れ合いは憤然として、

「寝巻が展示されるわけ、ないでしょ！　絵巻よ、絵巻！」

「あ、そうか」

私は首を竦めました。老齢化に伴い、最近とみに聞き間違いが増えました。この場合、もちろん聞き間違える方が悪いのですが、しかし私に言わせると、これには近来の展覧会事情も絡んでいるのです。昔だったら、いくら私だってこんな誤解はしないで済みました。昨今、現代美術の展覧会では、昔では考えも付かないようなモノが展示されますからね。有名なところでは、いつぞや西洋便器が作品として展示されたこともありましたね。最近も、おびただしい数の不燃ゴミを集めて組み立てられた立体作品を鑑賞させられたことがあります。便器やゴミが展示される位なら、寝巻だって何の不思議もないと思いたくなるではありませんか。

昔とさま変わりして私を困惑させるものは、ほかにも枚挙にいとまがありません。

先頃も、連れ合いが、

「ドラッグストアへ卓球台を買いに行って来ます」と言うので、

「へー、老化防止にピンポンを始めるのか、いいね」と答えたら、

「何処の世界にドラッグストアへ卓球台を買いに行く人が居ますか！　殺虫剤よ、買うのは！」

と、どやされました。

まあ私としても、少しおかしいとは思ったのですが、でも、これは煎じ詰めれば未

だに私にはドラッグストアというものがよく判っていないせいなのかも知れません。ドラッグストアとは、つまりは薬屋さんでしょう。ところが私のイメージの中の薬屋と、それはあまりにもかけ離れてい過ぎる。昔は薬屋にアジの開きなんか売ってなかったよ！　ところが、今の薬屋つまりドラッグストアには、およそありとあらゆるものが置いてあるような気がします。ひょっとしたら卓球台くらいは扱っているのかも知れないと思うじゃありませんか。

　この頃、往年の有名人のご不幸が相次ぎ、昔憧れた人の名を訃報欄に見る毎に、嗚呼、我々の時代は終わったんだなあと、つくづく思います。そんな一人、嘗ての野球の名選手Ｔ氏が球場で亡くなったと聞き、まあ何て良い死に方なんだろう、ご当人もさぞ本望だったろうと感慨に耽った折には、それが「急病」の聞き間違いだったと知って、さすがにゲンナリしました。考えてみたら八十何歳の人がいくら名選手だからって野球場で死ぬのは無理でしょうね。

　最近も、文学仲間が老人会を開くと聞いて、町内会じゃあるまいし、どうして老人だけ集まるのかと怪訝に思ったら、同人会の聞き間違いでした。もっとも昨今同人雑誌はどこも同人の老齢化が進んでいるようだから、結局中身は同じかも知れませんね。

　連日のような、こんな私の誤聴に、連れ合いは、

「それにしても貴方って、普通の人だったら、とてもやりそうもない、奇想天外な聞き間違いをするわねえ」と呆れています。

「なにしろ俺は語彙が豊富だからね、聞き間違いの範囲もそれだけ広がるのさ」と負け惜しみを言ったら、

「語彙が豊富っていうより、心が支離滅裂なのよ」と一蹴されました。


（「横浜ペンクラブ会報」二〇一七年一月）

魔物

物隠す魔もの棲みをる残暑かな　鍵和田柚子

名句だなぁ、と最近つくづく身に沁みるようになりました。この魔物は、我が家では残暑ばかりでなく、師走にも松の内にも彼岸にも梅雨明けにも、やたら出没しています。起きている時間の半分以上は探し物に費やしているのではあるまいかと思われる位です。せんだっては、眠っている時まで探し物をしている夢を見て、目が覚めてから憮然としました。でも夢の中で何を探していたのか、もう忘れていました。

鶏は三歩あるくとすべてを忘れる、と言われていますが、私などは物を取りに立ち上がった途端ちょっと蹴躓いたりすると、一歩踏み出しただけで、もう何をしようとしたのか忘れています。そこで、最近は立ち上がる時に「指呼確認」することにしました。バスの運転手の新人さんなどがやっている「右ヨシ、左ヨシ、発進！」というアレです。「匙、匙、匙」などと口走りながら立ち上がるのです。これはなかなか有効で、皆様にもお勧めしたい方法です。もっとも指呼確認すること自体を忘れることが多いので、それを忘れない方法をいま思案中です。

老夫婦言った言わない聞いてない　作者不詳

これもまた、まことに身につまされる句で、我が家の会話の最も多い部分をこれが占めています。連れ合いは、最近は「……って、さっき言ったでしょ！」とキメ付けた後に「覚えてないだろうけど」と付け加えるようになりました。私は勿論「いや、聞いてない！」と反論し、それからひとしきり言った言わないの言い合いが続きます。

聞かぬふり聞いているふりなどしつつ五十年目の夫《つま》との夕餉　田村美知子

なるほど、そういう手があったか！　自分に都合の悪い、或いは気に入らない話題には耳が遠くなったふりをし、興味のない話題にはフンフンと相槌だけ打って、対話を凌いでいく。しかも相手も同じパターンを駆使しているわけで、これぞコミュニケーションの極意というものでしょうか。この坦々たる食事風景には枯淡の風格がありますね。きっと五十年目になって、やっとお互いにこんな境地に達したのでしょう。私どものように、まだ四十数年の年期では、こうはいきません。

ひとり言二人でしゃべる老夫婦　春そよぐ

私たちはむしろこっちのほうになりそうな気もします。もしかすると、言った言わないとすったもんだしている今の方がまだマシという気もします。

よろず加齢とは厄介なものです。でも他面、若い世代には、

木から木へターザン老後辛かろう　鹿せんべい

なんていう惻隠の情はちょっと無理でしょうね。

（「横浜ペンクラブ会報」二〇一八年一月）

危険がいっぱい

最近の家庭内は、年寄りには危険がいっぱいです。

先日も、トイレに入った途端、まだ何にもしないのに（まあ、何かしたんでしょうが）便器の中から細い管がシュルシュルと出て来て、やにわにズボンのお腹の辺りに水をひっかけ始めました。そんな場合、何が起きたのか飲み込むまでに、やや時間がかかり、お陰でトイレ内が水浸しになりました。

いつぞやは、連れ合いの運転で帰宅してから、車の中の忘れ物をしたのに気付き、それを取りに戻り、手近にあったスペアキーでドアを開けた途端、ブザーが大音響で鳴り始め、どこをどう弄っても鳴り止まず、そのうちお向かいのマンションから人が見に出てきたりして、大汗を掻きました。

色んなブザーやチャイムは老人には苦労の種です。連れ合いがちょっと不在な時に限って、やたらそれが家じゅうで鳴ります。「洗濯が終ったら、乾燥を頼みます」などと言われて待っていると、やがてブザーが鳴るので、スワ、と洗濯機に駆けつけると、まだ駆動中で、ハテと見回すと、それはどうやら冷蔵庫の辺りで鳴っています。見ると、その扉が一センチばかり空いていて、それを冷蔵庫が私にアピールしているらしい。

慌てて扉を閉め、やっとブザーが止んでほっとしていると、今度はピピピと何やら警戒音が鳴り出します。きょろきょろ見回しても何処から鳴っているのか判らず、まごまごしていると、またピピピと脅迫音が鳴ります。やっとそれは電子レンジからだと気が付いて、さっきコーヒーを温め直していたんだと思い出し、それを取り出してほっとしていると、いきなり湯殿から女の声がします。

はてな、孫娘でも来ているのかな、と首を傾げ、でも、いきなり湯殿の戸を開けるわけにもいかず、戸の前で声を掛けてみたが、返事がなく、しばらく様子を伺っていると、やがてまた女の声がします。耳を澄ますと、どうやら「お風呂が沸きました」と言っているようです。ははあ、これはお風呂が沸いたことを知らせるブザー代わりなんだな、とやっと判って、ホッとして湯殿の前から戻った途端、また何やら鳴り出します。それが炊飯器が炊き上がったというサインだ、とやっと気が付いた途端、鳴り出したのが、どうやら乾燥が終った報せらしい、と気が付き、また洗濯機に駆けつける頃には、私はヘトヘトになっていました。

　年寄りを脅かすのは、機械音ばかりではありません。洗濯機が終ってホッとしていると、ダイニングのガラス戸の辺りから、やにわにドサッという乱暴な音が起こります。ギョッとして振り返ると、それはウチの飼い猫が、窓ガラスへ体当たりしているのでした。なぜかこの猫は、家へ入れてくれという要求に、鳴き声を立てず、無言で実力行使の挙に出るのです。これぞボディランゲージというものですね。

　やがて連れ合いが帰宅し、やれやれと一息つきますが、しかし連れ合いが在宅の時は大丈夫かといえば、そうとも限りません。今度は彼女のケイタイのeメールとcメールの着メロと、私のそれらとが入り乱れ、自分のケイタイかと思って慌てて取り出すと違っていたり、連れ合いに掛かって来たのだと思ってのんびりしていると自分宛てだったり、とにかく万事ややこしくて困ります。嗚呼。

（「よこはま文芸」創刊号　二〇一九年二月）

「帰りは怖い」

思えば野蛮な時代の野蛮な子ども達でした。戦時中だった私の子ども時代には、「国民学校」と呼ばれていた小学校にも、今同様に各学校に学区というものがありました。ところが当時は、隣同士の学校の生徒は、お互いに常に意味もなく喧嘩ばかりしていました。子どもらは、自分の学区を縄張りとして、他の学校の子どもが自分たちの縄張りに立ち入ると、容赦なく襲撃するのです。

昔話にも、ときに村同士の諍いは出てきますが、大都会の真ん中で、地区毎に、それも子ども同士で集団喧嘩、というのは、やはり昭和十年代の「好戦的」な時代だったせいでしょうか。

私の通う学校には、オプションとして、校舎とは別に「大地道場」と称する農園とその付属施設があり、生徒は週に一度くらいの頻度でそこにも通って農作業その他の実技の研修をさせられました。

拙いことに、その施設は隣の学校の学区の真ん中にありました。当時の私たちにとって、それは敵国の真っ只中にある味方の基地のようなもので、行き来するのには決死の覚悟が要りました。

それでも、朝の往路はまだマシでした。敵も始業前だから登校に忙しく喧嘩どころではなかったからです。

しかし帰りは大変でした、こちらが帰宅する頃は、向こうはもう放課後で、どこから情報が漏れるのか、我々が「前線基地」を訪れる日は、相手は手ぐすね引いて待ち構えています。

こちらも警戒を厳重にして、いわば自発的集団下校で対抗するのですが、それでも、往々にして襲撃、退避の追いつ追われつが繰り広げられ、臆病な私はこの作業日が怖くて仕方がありませんでした。

たまたま、帰り支度に手間取って独りの帰路にでもなったら、それこそ生きた心地もしませんでした。まさに「帰りは怖い」を絵に描いたような状況です。

しかしそんな出来事に先生が乗り出したり、いわんや保護者が問題にしたりした覚えはありませんから、思えばなんとも長閑な……というか、やっぱり世の中全体が野蛮な時代だったのでしょうね。

突然時代が大幅に飛びますが、帰りは怖い、といえば、次いで私は、「防人《さきもり》」を連想してしまいます。古代、我が国の西の辺境を外敵から護るために、国家権力が東国の若者たちを大量に動員した史実があるのはご存じの通りです。

どうやらその若者たちを、当時の国の東の外れから西の外れまで連れて来るための費用は、往路はお上が負担したが、やがて兵役期間が満了して、帰郷する段になると、すべての旅費を自分持ちで帰らなければならなかったらしいのです。

なにしろ七、八世紀の話ですから、国の西の外れから東の外れの故郷まで帰るのに、勿論まだ旅籠などというものは殆どなかったろうし、貨幣経済も発達していなかったろうから、銭が通用するとは限らず、どこかに泊めて貰うにしても、宿泊費の払いようがなかったかも知れない。

それに当時は生産力が貧弱で、地方の庶民は自分たちが食べるだけの食料を確保するのが精一杯という状況だったろうから、余所者の旅人に食わせる余裕があるとは限らない。

おおむね徒歩の旅だったから、故郷までひと月やふた月は掛かったに違いない、その間の食料、または食料と交換出来る品物を担いで旅しなければならないとなると、かなりの大荷物になったのではあるまいか。

当時は治安が悪くて旅の途中で追い剝ぎに遭う危険も大きい。もし賊に身ぐるみ剝がれたら、その日から食い物が口に入らなくなる。当時は仕事も少ないから、旅の途中アルバイトで旅費を稼ぐというわけにもいかない。

というわけで、兵役を終えて帰郷する防人が旅の途中で餓死するケースが続出し、当時さすがに社会問題になった、という話を読んだことがあります。これこそまさに、帰りは怖い、という事象の代表でしょう。

帰りは怖い、といえば、誰でもまず童遊びの「通りゃんせ」の囃し歌を思い出すでしょうが、あれにも色々と故事来歴の伝承があり、検索するとなかなか面白いものです。

いろいろホラーっぽい由来もある中で、何だか辻褄が合っていそうに私にも思える説は、武士の時代に、地元の古来の鎮守の社が殿様のお城の中に取り込まれてしまい、そこに住民がお詣りに行くと、入るときは寛大だが、帰りには城内の人質の脱出を警戒して身元調べが厳重になった、という解釈です。もしそれが正解なら、信心深い住民の皆様も、いい迷惑でしたね。

大抵の帰り道は、道筋そのものは往きに一度通っているのだから判らない心配はないが、しかし一つだけ、判らないから怖い帰り道というものがあるようです。それは「我々は何処から来て、何処へ帰るのか」という問題です。

なにしろ私たちは、生まれる前に何処に居たのか覚えて居ないので、何処へ帰るのか判らない。いや、生まれる前とは別の所に行くんだ、という説もあり、それもまた行き先が判らないことには変わりはない。判ると仰有る方も居られるようだけれど、なにしろ証拠というものがない。

ないと言えば、道そのものが、一方通行で、出発点と終点があるだけで、帰り道というものはない、という説もあり、それもなかなか説得力がある。

いずれにせよそれは、誰しも必ず辿り着く「点」ですから、それが折り返し点か終点か、その時になればどうせ判ることです。

いや、その時はもう、判るために必要な「私」が存在しないかもね。

（「よこはま文芸」第二号　二〇一九年九月）

記憶の謎

記憶なのか、空想なのか、伝聞なのか、この齢になると、その区別が怪しくなってきます。あの思い出は事実なのか？　鮮明な情景として目に焼き付いているのだけれど、果たしてそれが事実だったのか？

高い岡の崖の端から見下ろす見渡す限りの大海原。そこに何列にも並んだ軍艦の群れ。いちばん左の列は、巨大な航空母艦が舳先をこちらへ向けて縦一列にずらりと整列し、その右側には、これまた巨大な戦艦たちが並んで居る。そのまた右側には巡洋艦の列、次は駆逐艦、いちばん端は確か潜水艦の列か？　総て暗色の、如何にも重量感のある鋼鉄の塊たち。それらを見下ろしている岡は、あれは考えて見れば横浜港近くの、今は「港の見える丘公園」と名付けられている岡だとしか思えません。その東の端の崖の上から見下ろすと、今は埋め立てられて本牧埠頭となっている場所が、その頃は崖のすぐ下まで海が迫っていたらしい。

しかし、そんなことがあり得るのだろうか？　すでに中国との戦争が何年も続き、すべてが軍事機密の名の下に公開が規制されていた時代の話です。私たちの学校のそばの高台からは横浜の港が一望の元に見渡せましたが、その崖際には高い板塀が張り巡らされ、港が目隠しされていました。鉄道も横須賀軍港前を通過するときは窓を閉めブラインドを下ろさせられた時代です。

昨今の幼児が、まずチューリップや富士山の絵から描き始めるように、当時の子供は軍艦や軍用機の絵から描き始めた時代です。その形については、実見だろうが想像だろうが、誰でも鮮明に脳裏に浮かべられました。戦艦巡洋艦駆逐艦の描き分けが出来ない男の子なんて居ませんでしたからね。いかに脳裏の映像が鮮明だからといって、実見とは限りません。それは夢に見たシーンかも知れません。或いは、誰かから「観艦式」の話を聞いて、私が勝手に頭の中で作り上げた映像かも知れない。

そうか！　観艦式か！　どうもあれは観艦式のシーンのヒトコマのようだ。私は取り敢えず、ウィキペディアで「観艦式」を検索してみました。すると、ありました！「日本海軍最後の観艦式」が、一九四〇年一〇月一一日、横浜港沖の東京湾で行われていました。それなら私は八歳。もし目撃していたとすれば、既に鮮明に覚えて居られる歳に達していた筈です。

しかし私が、どうしてそんな場所でそんな情景が見られたのだろう？　そんな、恐らく観艦式見物の最高スポットに、どうして小学二年生のガキが行けたのか？　私の親は一介の教師で、到底息子をそんな特別席で見物させられるコネあったとは思えない。だいいち、海軍の戦力の総てが見渡せるようなそんな場所に、民間人が立ち入る事が許された筈がありません。

とすれば？　そうか、もしかしたら、あれは。……私がはっと気付いたのは、ニュース映画です。戦時中の子供は、勿論テレビもなかったが、映画も滅多に観られませんでした。私が観る事が出来たのは、月に一度くらい伊勢佐木町のニュース映画劇場に行く父にねだって、一緒に連れて行ってもらって観るニュース映画と漫画映画だけでした。そこでは一回につき数本のニュース映画と二、三本の短編漫画映画（当時観たのは「ポパイ」ばかり）が上映されました。勿論私の目当ては漫画映画のほうでしたが、必然的にニュース映画も目にしました。

あんな絶好のスポットからあんなに鮮明に見えた観艦式は、ニュース映画の一場面に最も相応しいのではあるまいか。それを私は、いつの間にか自分の記憶として取り込んでしまったのではないか。

よく思い巡らすと、あの映像には、多分巡洋艦とおぼしい艦影が、お供の二、三隻に前後を護られ、膨大な数の軍艦の列の間を縫って、ゆっくり周遊していく映像が付加されていたような気がします。あれは恐らく天皇陛下の「お召し艦」だったのでしょう。当時のニュース映画では、天皇の登場シーンでは、観客は全員起立して脱帽し最敬礼してからでないと「拝観」できませんでした。それは「ご真影」ではない「お召し列車」や「お召し自動車」の通過の際にも同様でした。そういえば、あのシーンでも、私の周囲の人々はそんな動作をしていたような気もします。

いや、しかし……と私はすぐに気づきました。私の記憶の中では、あの情景は青空の明るい日差しのもと、紺碧の海原と緑の芝生が目に焼き付いています。だからこそ、あの黒々とした軍艦のシルエットが殊更にインパクトが強かったのではなかったか。ところが、当時のニュース映画はモノクロでした。戦時中にはまだカラー映画などは無かったのです。……だったら、あのシーンがニュース映画のものだった筈はありません。

やはり私は実際に観ているのだ！　私は、遂にあの情景は実体験だったのだと信じ始めました。

ところが、今し方この原稿を書きながら私がふと新聞を覗いたら、投稿の川柳の中にこんな句がありました。「モノクロで観たのにカラーで憶えてる」（さやえんど作）。そんなことがあり得るんだ！　モノクロのニュースで観た映像を、私が勝手に脳裏でカラー化している可能性だってあるじゃないか。嗚呼。私の中の謎は、また復活してしまいました。

その謎はともあれ、私の脳裏に整列していたあの膨大な数の「艟艨《どうもう》」（そんな言葉が当時は常用されていました）は、あの一九四〇年から僅か三年後までの間に、その大半が海の藻屑として水面から姿を消してしまったのです。実景であろうがなかろうが、結果的には、あのシーンは束の間の幻に過ぎなかったことには変わりはありませんね。

（「よこはま文芸」第三号　二〇二〇年三月）

裂け目

小学生時代と中学生時代との裂け目。

すでに七十年前になるそんな出来事は、時と共に記憶が薄れていく筈なのに、老いれば老いるほど、それがくっきりしてくるのは、どうしたことか？　歳月と共に降り積もる日常性の埃が、同じ歳月の風雨に洗い流され、次第に地肌が剝き出しになってくるということなのだろうか。

小学生の時には、命を惜しんではいけない〝身を鴻毛の軽きに置け〟〝武士道とは死ぬことと見付けたり〟と毎日教えられ、中学生の時には、人一人の命は地球より重い、と毎日教えられた。小学生としてはアメリカ人は鬼畜と信じ、中学生としてはアメリカ人は民主主義のお手本と信じた。小学生には天皇は神様だったが、中学生には天皇は人間だった。

小学生時代の私には、外界は違和感に満ちたものだったが、しかしその違和感が（たとえば村田沙耶香の作品世界のように）外界と自己とを相対化する武器としての違和感とはならず、ひとえに劣等感の種、自己否定の根拠としか作用しなかった。

　そして奇妙なことに、軍国少年の小学生は、民主主義者の中学生になることに、なんの抵抗感も抱かなかった。与えられた新しい玩具に夢中になるように、中学生は民主主義に夢中になった。

　軍国少年と民主主義者とが私の中で相対化されだしたのは、もっと後、高校生の年頃になってからだった。四年間病床にあった間に、私は軍国主義からも民主主義からも剝がれ落ち始めた。私の中で、モラルも価値観も架空な人為的なものに見え始めてしまった。こんな私が現実生活では、体制を押し付ける側への嫌悪を常に抱くのも、仕方のない成り行きだった。

　私にとっての「街」は、外界の架空性の象徴だったのだろう。過去の自作のテーマやタイトルに「街」が頻出することに、今まで自身では気が付かなかったのだが、小学生時代の、路地と垣根と格子戸の戦前の街から、中学生時代の見渡す限りの焼野原を経て、高校生時代の新しいマッチ箱のような家々の広がる明るい戦後の街への変遷。四年間一歩も家から出なかったために、まるで一瞬のうちに焼け跡から新品の街に変貌したかに見えた戦後の街。その対比にどうやら私は未だに呪縛され続けているようだ。私は、現在の超高層ビルを見上げると、その向こうに黒々とした焼け跡を幻視してしまう。するとすべてのモダンで豪華な建築物の群が俄かに架空のものに見えて来る。一瞬のうちに見渡す限りの焼野原に戻ってしまう可能性を孕んだ、蜃気楼に見えてしまうのだ。こうして、私は戦前の街からも空襲によって訣別させられ、戦後の街からも焼け跡の幻によって剝がれ落ちてしまう。時々私が不思議になってしまうのは、私と同じ体験をした筈の同世代の人々が、どうして現実から剝落せずに市民生活を全うしているのだろうということだ。

新旧のモラルからも価値観からも、そして外界からも剝がれ落ちた私が、唯一の拠り処として信じようとしたのが「ありのままの自分」という概念だった。しかしそれを拠り所とした途端に、それは「檻」と化してしまった。架空のものとして否定した筈の外界には魅力的なものがあった。その象徴が「少女」だ。こうして私の拠り所は、外界の魅力から私を隔てる檻になった。

私が自分で気が付かなかったもう一つのことは、自作の中に「ランニング」が頻出することだった。たしかにそれは、私にとって「脱出」ないし「逃亡」のメタファーだったのだろう。そしてそれは常に何処にも辿り着かないことで、「挫折」のメタファーでもあった。

その一つは、今まで自作のジャンルとして、私小説とフィクションとを対比的な二つの傾向と自己定義していたのだが、実はそれらは同一平面上で地続きに繋がっていたのだ（たとえば「街」や「ランニング」によって）、と発見した。しかしそんなことは、考えてみれば当たり前なことなのかも知れない。

（「ＪＵＳＴ」二〇一四年十二月）

或る一例

小説の作り方は百人百様で、万人に通用する方法などというものはあり得ないでしょう。

まして、或る作品の作り方が別の作品にも使えるとは限りません。そんな当然の常識を前提にした上で、私の小説の書き方の実例を一つ御紹介してみます。もしご参考になる点があったら幸いです。

私が初めて「作る公式」を意識して書いた小説は「死神たち」という中編でした。それまでは私は小説を作るとき、なんとなく成り行きに任せて書いてきたのでしたが、この時は、ふと自分の旧作「石のニンフ達」の構成を分析して、それを応用して小説を一つ書いてみようと思い立ったのでした。

「石のニンフ達」の分析の結果は、
①ある特定の場と特定の環境、の設定
②その設定の中での、特定の人間関係
③そこに加えられる、特定のインパクト
④それによる、人間関係の変化
⑤その変化に対する或る、リアクション
という五段階の把握でした。

①は、一九五〇〜六〇年ごろの、戦後復興期から高度成長期に移るころの、東京のカソリック系女子高校二年生クラス。大都市の人工的な空間の中で厳格なモラルと信仰が護られる環境。
②は、クラス内の或る小グループの女生徒のユニークな感性による、学校生活の別世界化と、クラス全体へのその波及（共同幻想化）。
③は、教育実習でやって来た一人の大学生と、一人の女生徒への彼の関心。
④は、クラス全体の共同幻想からの、彼女の排除。

⑤は、クラスの共同幻想への彼女の復帰の試み。

あらためて回想すれば、私がこの作品を書き始めた時には、この段階の①〜②までしか頭にありませんでした。むしろこの状況そのものにしか私の関心がなかったのです。しかし、書き進めるうちに、ふと③が思い浮かびました。すると、この設定を付け加えることで、このスタティックな世界が俄然動き始め、④〜⑤へと自然に展開していきました。

さて、「死神たち」を書くに当たっては、私は、

①は、一九六〇年代半ばの海に面し川の流れる首都圏近くの中都市の、小学校五年生の三人組を想定しました。

②は、海岸での遊びの最中に少年の一人が砂に埋められた嬰児の死体を発見したことで、彼らの間で死骸の収集競争が始まることにしました。

③は、彼らの秘密を嗅ぎつけた同級生の女子に、彼らの最高の宝である嬰児の死骸を脅し奪《と》られることにしました。

④少年たちはそれに代わる新しい宝を求めて、生きた赤子を狙いますが、上手くい

きません。やがて彼らのうち二人は結託して、もう一人を死骸コレクションに加え、宝としようと思い立ちます。

あとで気付いたのですが、この二作では、①と②の間には、世間からは目に見えない壁によって隔てられた異質の空間が発生し、それが以後の展開に不可欠の場になり、その世界への外部からの侵入ないし働きかけが新局面への引き金になります。これもあとで考えれば、私は無意識に他の作品、「誰かが触った」（ハンセン病療養所の学校）「あなたの街」（なぜかそこから出られない街）とか「幼い廃園」（戦時中の少年たちの軍隊ごっこの価値観の支配する教室）とか、なにかしら一般世間から隔てられた別世界を構築していた、と言えるのでした。

とにかく、こうして一度は公式化を意図して小説を作ってみたのです。それに味をしめて、その後また同じ公式でもう一つ小説を書いてみようと試みたのですが、どうしてもうまくいきませんでした。柳の下には三匹目のドジョウは居なかったのです。やはり小説は、書く者の持つモチーフの強さ、テーマのインパクト、題材の新鮮さなどが必須の前提で、それがあった上での公式の有効性なのでしょう。

それにしても、こうした公式めいたものが、或る場合にはそれなりに有効なのは、何故か？　恐らくその場合には、それによって「作者を超える」ことができる場合があるからではないでしょうか。作者の想像力「設定力（空想力）（イメージ力）」は、所詮は作者の守備範囲を超えられない。

例えばアインシュタインの相対性原理は彼の想像力から生まれたものではない。それは彼の追求した論理の行方から生まれたものです。論理は空想よりも遥かに遠くまで達します。論理は自分を超えるのです。

（「ＪＵＳＴ」二〇一八年十二月）

神話

私事で恐縮ですが、私はけっこう自分の作品のプロットをギリシャ神話その他から秘かに借用しています。およそ人間の考え出すプロットの主なものは、すでにギリシャ神話等で出し尽くされていて、あとはそのバリエーションばかりだ、と思うからです。

私の借用例の中では「カッサンドラの地獄」などは、まさにそのベタな例です。カッサンドラとは、ギリシャ神話の中のトロイの王女ですが、オリュンポスの神アポロンに言い寄られ、身を任せるという約束の見返りに予言の能力を要求して、まんまとそれを手に入れますが、自分の約束の方はすっぽかし、怒ったアポロンは、予言の能力はあっても、誰もそれを信じないという罰をあたえます。有名なトロイ戦争で、例のギリシャ側の木馬の詭計を、彼女は予言しますが、誰一人それには耳を貸さずに木馬を城内に引き入れ、お陰でトロイは滅亡します。私の作品の中でも、ヒロインが、自分の住む集合住宅への謎の組織の襲撃の謀議を耳にしてそれを住民たちに告げますが、誰も信じる者がありません。ただ一人彼女の弟だけがそれを信じ、そのために焼死します。私としては、彼はカッサンドラの兄弟でトロイ戦争の原因を作ったパリスという想定ですが、こうしてネタを明かしてしまうと、まさに興醒めなことになります。

　序ながらもう一つ、「供物」という拙作も実は私の神話借用例なのです。この作品のヒロインの中学二年生石田瑠璃子は、実はイシュタルという、オリエント神話の女神からの借用なのですが、彼女はギリシャではアフロディテ、ローマでヴィーナスとなる、美の女神たちの原型です。作中の派遣教師坂東蘭はイシュタル神話で世界最初に創られた女性とされるパンドラのもじり、長欠生徒田村睦夫は、イシュタルの夫とされるタムムズ、乱暴者の同級生来栖はギリシャ神話中最強の英雄ヘラクレス、といったラインナップです。彼らの活躍と神話との照応は、また興醒めになりそうだからここでは明かさず、皆さんのご詮索に任せます。

　これからギリシャ神話を読もうと思われる方へは、呉茂一著「ギリシャ神話」上下（新潮文庫）とか、阿刀田高著「ギリシャ神話を知っていますか」（新潮文庫）、同氏著

「私のギリシャ神話」（集英社文庫）などがあるようです。

（「JUST」二〇一六年十一月）

原稿用紙

小説執筆のグッズにも変遷があり、昔は用紙の他には筆に墨、硯、文鎮が必需品（場合によっては矢立も）だったのでしょうが、さすがにその頃のことは私の経験の外です。筆と墨の時代の後は、原稿用紙に万年筆（それ以前はペンにインク壺）、吸い取り紙、補充用のインク瓶あたりが常番でした。その後カセット式の万年筆の普及で、インク瓶も身辺から姿を消しました。

私は、その時代とPC時代との境目の世代なので（PCの前に一時ワープロの時代もありましたが）、未だに小説はまず原稿用紙に2Bの鉛筆で下書きして推敲し、それからPCで清書する、という余計な手順を踏んでいます。そもそもPCは推敲の為にある機器なので、その過程を態々手書きで行うとは、なんたる不経済、とよく嘲られます。

曾て、小説現代新人賞受賞者の江川昭彦さんから、自分は生まれてから一度も原稿用紙を使った事がない、と聞いた時には私は一驚しましたが、今では何の不思議もないこんなことが、数十年まえの当時には、俄には信じられない程のサプライズだったのです。そのくらい小説は原稿用紙とは切っても切れないものと思われていました。

ところで、原稿用紙とは明治時代に弁論家の演説の原稿用に開発されたものだ、と物の本で読んだことがあります。

原稿用紙が四百字詰めなのは、それがちょうど一枚で一分の演説時間を要するからなのだそうです。三十分の演説には三十枚、一時間用なら六十枚、というわけですね。どうしてそれが小説用になったのかといえば、恐らく明治の新しい時代に最初に現れた小説が「佳人之奇遇」や「経国美談」のような政治小説で、作者たちが元来は政治運動家で、街頭演説の傍ら啓蒙的に小説を書いていたからでしょう。

ともあれ、私どもの時代には前述のように小説といえば原稿用紙だったので、従って小説家志望者の間では、それを巡ってヘンなジンクスが囁かれていました。それは、コクヨの原稿用紙を使うと作家として大成しない、というものでした。

　メーカーにとっては全く迷惑なこんなジンクスが、いったいどういう訳で生まれたのだろう。ひょっとしてライバルメーカーの陰謀だったのか？　いや、私が思うには、いつの時代でも個性的でありたがる作家志望者心理が、当時原稿用紙としていちばんポピュラーだったコクヨ製品を巡って、文学の内容とは縁もゆかりもない原稿用紙なんかで差別化を図りたがっていたのではあるまいか。


　物書き修行の最初期には、私は全く用紙について無頓着で、その頃の原稿を今取り出してみると、一つの作品の途中で、原稿用紙が四種類くらい替っていたりして、恐らく有り合わせの原稿用紙を手当り次第に使いまくっていたものと見えます。私もコクヨのジンクスを聞かされて、それを信じた訳ではなかったが、さすがに用紙を意識しだし、同じ規格の物を統一して使うようになりました。

　私が後年原稿用紙に拘りだしたのは、ジンクスとは関係なく、恐らく締め切りの重圧感のせいかも知れません。四百字詰めだと、広すぎて中々書き埋められないような圧迫感から、二百字詰め用紙に切り替え、濃い色の枠だと、原稿用紙を睨んで考えていると逆に向こうから二百の目で睨まれているような気分になるので、出来るだけ薄い色の枠の物を物色するようになりました。

しかし最近は、人々は前述の江川さんの例のように、直接ＰＣへ原稿を打ち込むようになり、場合によっては（一部の同人誌のように）作者の打ち込んだデータをそのまま、それぞれが必要冊数分だけプリントし、代表者がそれを集めて装幀し、本や雑誌にする例さえあります。

時折文学的な施設で、文豪の原稿や文具を展示する催しが行われます。それを興味深く閲覧する度に、これから先、今の若い作家たちが「文豪」になる頃には、こうした展示会はどんな形になるのだろうと、他人ごとながら気になります。愛用のＰＣや、それでプリントされたデータが展示されることになるのだろうか？　しかしＰＣではメーカーの種類しか区別がないし、プリント用紙に活字が並んでいるだけでは、なんの「差別化」も出来ない。となると、そんな場合展示出来るのは、せいぜい文豪の身の回りの品くらいのもので、例えば誰それの愛用の寝間着なんかの展示を人々は態々観に行くことになるのかな、と思うとうんざりします。

もしかすると、そんな時代には、やはりそれなりのジンクスが生れ、例えば「東芝の（或いは富士通の）ＰＣを使うと大成しない」なんていう根も葉もない噂が流れるようになるのでしょうかね？

（「ＪＵＳＴ」二〇二〇年三月）

V

野垂れ死に宣言

　小学生のころ、私は体が弱かった上にいじめられっ子で、いま思えば登校拒否児のはしり、といった趣があった。高校生の時も、肺結核で四年間休学した。しかも復学後、怪我をして、また三ヶ月ほど休み、そのせいもあって卒業後、浪人生活を余儀なくされた。既往症のため体力に自信がなく、進学をあきらめて就職する勇気もなかった。ただ、私が恵まれていたのは、もう二十三歳にもなった息子をなおも養って、大学にも進ませてくれようとした親があったことだ。

　もっとも、それが私には、なおさら負い目になっていた。他人に伍して怯まぬだけの誇りを支えてくれるものが自分の中に見当たらず、恥ずかしい思い出ばかりで、未来の展望もなく、いつまでも親のすねをかじって、五つも年下の連中と一緒に、いまだに進学だ受験だと騒ぎ回っている。そんな自分を思うと、とめどなく卑屈な気持になってきて、このままだと自分は人生の落伍者になるのではあるまいか、と怖くてならなかった。

私は薬科大学を受けるつもりでいた。といっても薬学や薬局に興味があったわけではない。薬剤師の資格の一つも持っていれば、まさか食いっぱぐれるようなことはあるまい、そうすればこの不断のおびえや焦りも鎮まって安らかな気持で生きて行けるのではあるまいか、と思ったのである。

ところが私は、薬科大学の受験勉強を進めて行くうちに、安らかに生きるどころか、逆に、生きていくのがいやでいやで堪らなくなってきた。もともと私は、子供の頃から、生きているのがあんまり好きなほうではなかった。その私が、これから興味もない学問をやって、興味もない職業について、興味もない人並みの生活を、一生支えて行かなければならないんだと思うと、死ぬほど面倒臭くなってきてしまった。気乗りのしない受験勉強の机に向かいながら、とめどもなく憂鬱な気分になっていった。

そんなある日、全くだしぬけに——よし、野垂れ死にをしてやろう——という想念が私の心に浮かんだ。いま思えば、如何にも青春前期らしい事大主義と手前勝手さだが、しかしその時は、なにか一大発見でもしたように、心が晴れ晴れとしたものだった。そうだ、落伍するまい、と思うから焦るんだ。いっそ、ぜひ野垂れ死にをしてやろう、と思い定めれば、怯えも焦りもなくなるじゃないか。

私は急に薬科大学の受験をやめて、早稲田大学のロシア文学科を受けることにした。なぜそうしたか、といえば、当時はその学科がいちばん食いっぱぐれがし易すそうで、私にはそこが薬科大学とはまさに対極をなすもののように思われたからだ。因みに、後日入学試験合格後、最初の授業で、某教授は「諸君はこの学科に入ったからには、卒業後の就職は諦めた方がいい」と諭された。そんな時代だったのだ。

ともあれ、私はその大学卒業後、とうとう一度もまともに就職しようとしなかった。家庭教師などのアルバイトでカツカツに食いつなぎながら、好きな小説を、怠け怠け書いていた。思いがけず芥川賞を受賞するまでの十三年間、私はそんな暮らしを続けた。その間、今度こそ、ついに食い詰めたかな、と思われた時が何度かあったが、多分たまたま高度成長期という時代に生き合わせたせいもあったのだろうが、その都度、あわやというところで、なにかしら切り抜けられて、いまや、さすがに野垂れ死になど、いい気なことを軽々しく言う訳にもいかない歳になってしまった。

現代は案外、野垂れ死にのし難い時代なのかも知れない。

（毎日新聞　一九八七年十二月十五日）

獲物

沖縄、八重山諸島の石垣島、底地ビーチの一隅からは、珊瑚の中へ、長い長い桟橋が突き出ていた。その先端からは、沖合にある大きな生簀に飼育されている巨大エイの見物用ボートが発着する。

その桟橋の一隅で、一人の中年の釣人が、もうだいぶ前から、珍しい釣法を試みている。釣竿を両手に握って、桟橋の縁に沿って鉤を曳きずって海底を、たんねんに探っているのだ。

「何が釣れるんです？」と訊いてみたが、返事がない。この島では、こんな質問をするのはマナーにはずれるのかな……と思い、それきり私は声を掛けるのを遠慮して、辛抱づよく見物していた。何が上がってくるのだろう。沖縄の県魚グルクンか？　ギンギスや、カレイのたぐいか？

しかし、なかなか釣れてこない。釣人はそれでも根気よく左右に鉤を曳きずって、慎重に底を探りつづけている。その手元を見守っていた私も、やがて、さすがにダレてきて、そらした目を沖合へ遊ばせる。珊瑚礁特有の真白な砂底を透かせた澄みきった海水が、気の遠くなるようなコバルトブルーから濃紺までの、あらゆる段階の青に移り変りながら、水平線へと続いている。その上空には、まるで入道雲の子供たちの展覧会のように、千差万別の形の小積雲が、いちめんに浮かび、その間から黒ずんで見えるほど深い青空が覗いている。ああ、と私は、訳の判らぬ溜息を洩らす。

「やった！」突然歓声があがる。我に返って私が振り向くと、中年の釣人は、もうリールを巻き上げ終り、釣り糸を握って喜色満面だ。

「やっと引っ掛ったよ」初めて私にも声を掛けてよこす。その巻き上げた鉤の先には、メタルフレームの眼鏡が釣り上げられてぶら下がっている。

「さっき落とした時は、途方に暮れたよ」問わず語りに話し掛けるのも、よほど嬉しかったからだろう。

「なにしろ二万円もしたからね、これ」

（「文芸家協会ニュース」一九八九年二月）

老いて学べば

先日若い友人に会った折、近況を尋ねられたので、「今、テレビ番組でロシア語会話を勉強しているよ。死ぬまでにはなんとか話せるようになりたいと思ってね」と答えたら、いかにも可笑しい冗談を聞いたという顔で笑われてしまいました。

私としては別に冗談を言ったつもりはなかったので、一瞬途惑いました。でも、よく考えてみると、これは冗談として受け取るほうがマトモかも知れませんね。

私は大学ではロシア文学を専攻しました。だから一応はロシア語はマスターしたつもりでした。ところが先日、連れ合いと一緒にサンクトペテルブルグに小旅行した折、現地の表示やら看板やら説明書やらは読めるものの、市民たちの普段の早口会話がただの一言も聞き取れませんでした。

これは私にはかなりのショックでした。このままロシア語会話が出来ないうちに、やがて寿命が尽きたら、臨終の折になんだか心残りがあるのではないかという気がしたのです。ただの一度でいいからロシア人とスムーズに会話が出来たら、人生の終わりに、さぞスッキリと死ねることだろう。

でもそれじゃ、まるで死ぬためにロシア語会話を勉強しているようなものじゃないか。死んだ後は益々ロシア語会話は役に立ちっこない。

我ながら馬鹿馬鹿しいなあ、と呆れながらも、私はその時ふと「老いて学べば、則ち死して朽ちず」という言葉を思い出しました。私はこの言葉が永年理解出来ないで過ごしてきました。それが急に――もしかしたら、それは、こういう気持ちのことを言っているのではないだろうか――と気がついたのです。

死ぬことには役に立たず、死んでからも尚更役に立たなかったとしても、死ぬ瞬間に心残りがあるよりも、それがなくなってスッキリして死ねるほうが、マシなのではあるまいか。そして、その「スッキリ」というのが、「朽ちず」という意味なのではあるまいか。

ところで、その「老いて学ぶ」ことについては、私のように昭和ヒトケタから十年前後までに生まれた世代、つまり一九六〇年代以前に学業を終わった世代は、やたら忙しい世代なのですね。

パソコンやケイタイの操作法などは言うまでもありませんが、それよりも、例えば、いまや定説になっている宇宙の起源（ビッグバン）だって、地震や噴火の元になる地殻の移動（プレートテクトニクス）だって、私達は学校では全く教わった覚えがありません。何故なら、それらは一九六〇年代以降に発見され定着した理論だからです。最も基本的なレベルで、今の世の中の教養や常識の拠って立つ知識が、私達が大学を卒業してしまってから初めて発見された知見に基づいているものが多いのです。

だから、私達は、老い先短いこれからの時間にかなり馬力をかけて自学自習でいろいろ学ばないと、なかなか「死して朽ちず」というわけにはいかないようです。

（「年金時代」一九九三年三月）

親類用文学？

或る、私も関係している文学サークルのメンバーの一女性が、このたび某文芸誌の小説新人賞を受賞した。お目出度いことだが、何故か当人は、いまひとつ浮かぬ顔をしている。

いぶかしんで聞いてみたら、次のような事情が判明した――彼女の夫も、受賞を知って、読む前から大喜びしてくれているのだが、実は、受賞作の中身が、夫婦別れの話なのだ。間もなく活字になって届く作品に、目を通す時の夫の顔が思い浮かぶと、どうにも落ち着きが悪くなってくる――と言う。無理もないとも言えるし、作家としての覚悟が足りない、とも言えるが、他人としては、不謹慎ながら、つい笑ってしまった。もっとも、世上、作品が事実の先取りをする、ということもあるから、笑っている場合ではないのかもしれない。

元来、創作とは、作者の中の或る一部分を膨らまし、他の部分を切り捨てる事で成り立つ、とも言える。となると、彼女の中に、全く夫婦別れ的要素が無かったら、作品はもともと成立しなかった。そこを突かれると、彼女としても苦しくなる。――これは、ただの作り話よ――と言いきってしまっても良いものかどうか。

しかし、それはあくまでも彼女の中のほんの一部分にすぎず、それとは正反対の要素のほうが圧倒的に多い場合だって有り得る。そういう意味では――おまえの本当の気持ちは、こうだったのか――などと理解されてしまっても、彼女としては立つ瀬があるまい。これは、意外と厄介な問題のような気がしてきた。

少なくとも、夫にとって、これが、とても楽しくて面白い小説として読める、というのは、ちょっと無理なようだ。それが例え自分たちの夫婦とは似ても似つかない二人の別ればなしだとしても、それを書いたのが、わが妻だ、というだけで、話は違ってきてしまう。

むしろ、夫が全く文学に無縁なタイプで、嘘八百の絵空ごとを書くのが小説だ……などと思っている場合のほうが、こんな場合には双方ともに気が楽だ。なまじ、夫に純文学の素養が豊かだったりすると、目もあてられない。

こうして考えてきたら、だんだんと他人ごとではなくなってきた。配偶者とは限らず、作家と家族と作品との関係はけっこうシビアだ。

お知り合いの中に、今まで随筆の執筆を続けて来られ、最近、小説に転じた方が居られる。今までは随筆が活字になる度に、郷里の親類縁者に、近況報告を兼ねて配っていた。ところが、小説を発表するだんになって、ためらいが生じた。

随筆は、おおむね、日常の事実の中から新発見を切りとる、その切り口の鮮やかさで読ませる。したがって、日常生活の範囲でなんとか書けるし、お行儀をことさら悪くしないでも、いい作品はできる。

だが、小説ともなると、そうもいかない。身辺の日常に材をとっても、どうしてもプライバシーの際どい一端に触れずには、小説として成立しにくい。フィクションにしたところで――あの人、あんな顔してて、心の中ではこんなみだらなシーンを空想してたのねえ――などと誤解されかねない。特に親類縁者に読まれると、なにかと差し障りが出てくる場合もあるかも知れない。それでなくても、身辺の人間というものは、ほんの一言半句の引用でも――あっ、これはあたしのことだな――などと、すぐ拡大解釈しがちだ。――あの人って、あたしのこと、こんなふうに思ってたのね――と傷付いたりして、親類付き合いがマズくなったり、しかねない。

前述のライターは、今更、急に親類に作品を送らなくなるのも、それはそれで角が立つので、窮した余り、今、一般用の小説と、親類用の小説を書き分けて、別々に送ることを検討中とのことだ（！）

俳句誌の読者は、もっとハイレベルだから、作者がこんな悩みかたをする必要はあるまい。もっとも、場合によっては、例えば「気づまりの客の来ている秋彼岸」の句を見て、あれはオレのことかな、とギョッとする人が出て来ないとも限らない。あるいは「気のりせぬ話に風のねこじゃらし」に——やっぱり、私の持っていった縁談には、あの人、気乗りがしてないのねえ——などと、勝手に思い込んでしまう人も居るかも知れない。「厄日かな深夜のブザーに起こされて」「冗談のきかぬ友なりオクラつむ」なども、なんとなく身に覚えのある人が出て来そうだ。

勿論、こういったことは、いちいち気にしていたら、何も詠めなくなるし、それは創作上百害あって一利なしの配慮だ。

とはいえ、いったん活字になったものは、何時、誰が目にするかわからない、という宿命を負っている。一方、赤の他人に読まれるのならいくらでも構わないが、身近な者には、どうも具合が悪い、というのが文学というものの宿命らしい。この二つの宿命は、永遠に衝突し続けるしかあるまい。

でも、こうしたジレンマは、もしかしたら、世界でも珍しい「気配り社会」日本特有の問題なのかも知れない。人間関係への配慮優先の、このムラ的社会では、文学に、いかに文学以前の気遣いが、多大に要求されていることか！

こんな事情は、子どものハロウィンのお祭りにまで銃が持ち出されるような国では、恐らく、てんで問題にもならないに違いないのだが……。

（俳誌「波」一九九二年十二月）

巡り合わせ

大抵の若者の、愛読書との出会いには、親しい友人とか先輩、恩師などの紹介や教示が発端になることが多いでしょう。ところが、私の場合は、高校一年を終えたところで肺結核で休学し、そのまま四年間家から一歩も出ずに暮らしましたし、私は精神的にオクテのほうで、休学するまでは読書とか文学とかに関心が乏しかったので、初めてまともに本が読みたくなった頃が、ちょうど病気で寝たきりの生活の中でした。そんなわけで、その頃、身の周りには読書をめぐる仲間といったものは存在しませんでしたし、親とは世代も感覚も違うし、兄も姉も理数科系の人間で、家庭の中にも本をめぐるまともな対話は私にはありませんでした。そんな中で始まった私の読書体験が、かなりトンチンカンなものになったのは、致し方のない成り行きでした。

あれはおそらく、或る日の新聞の学芸欄の記事かなにかがきっかけだったのでしょう。私は坂口安吾の「白痴」にふと興味を惹かれました。しかし、寝たきりの生活では自分で買いに行くわけにはゆかず、母に頼むことにしました。ところが、母は間違えてドストエフスキーの「白痴」を買って来てしまいました。それも、そそっかしくも下巻の方を。これが後日の私の二大愛読書の一つとの最初の出会いだったのですが、そのときはそれを知る由もなく、母にもう一度頼んで、買い直して来てもらいました。

母が二度目に買って来てくれた本には、たしかに安吾の「白痴」が入っていました。しかし、それは安吾と石川淳、織田作之助、太宰治の四人の作品を一冊にまとめたものでした。ところで、そんなに手間をかけたわりには、当の安吾の「白痴」は私にはさほどの感銘も与えずじまいでした。その代わり、同じ本に収録されていて、せっかく買ったんだから、としぶしぶ目を通しだした、太宰治の「人間失格」が、思いがけず、私の人生を変えるほどの影響を与えることになったのです。

太宰治ファンというと、自分たちの傷口を嘗めあうような、内向的消極的なイメージが強いのかも知れませんが、私が「人間失格」から受け取ったものは、もっとしたたかに攻撃的なメッセージでした。自分自身の性格、感性、思考を、この世のあらゆる人間、あらゆる価値観と対峙させ、そのうえでこの世のどこにも受け入れられない自分のほうを、敢然として選択し、肯定する。……この作品に込められた、こういった思想は、それまでの私の思考をコペルニクス的にひっくりかえして見せたのでした。それまでの私は、自分のウジウジした、臆病で卑怯で未練たらしく、助平で、クヨクヨ感じすぎ、考えすぎの性格が、死ぬほどいやでいやで、なんとかして別の人間になりたい、とばかり念じていました。つまり自分を、世間とか常識とかという、自分の外側の尺度で測り、そして自分を否定していたんだ、と、その時初めて私は気付いたという訳です。

ありのままの自分のみっともなさ、恥ずかしさを、そのまま、ありのままに受容して、それがなんで悪いんだ、と言って世間に投げ返す……それが文学というものだ――というのが、そのとき「人間失格」が私に与えたメッセージでした。この時からこの小説は、私にとって一種のバイブルになりました。

その頃にはもう太宰治はとっくにこの世の人ではありませんでしたが、その後私が参加させていただいた最初の同人雑誌は、太宰治の弟子の一人である小山清さんの主宰する「木靴」でした。ですから、私は太宰治の孫弟子にあたる、とも言えるわけです。

前述のように、間違えて母が買って来てくれたドストエフスキーの「白痴」もまた、私にとってその後貴重な読書体験を与えてくれました。言うなれば、「人間失格」が私に文学の思想、文学のモチーフを発見させてくれたとすれば、ドストエフスキーの「白痴」は、創作の実質、創作の方法、創作の醍醐味、創作の豊饒さ……そして何よりも奥深く広大無辺な人間というものの不思議さ面白さ素晴らしさに、目を開かせてくれた、と言えます。恥を忍んで告白すれば、実は私は青春の一時期、おのれの実践的な理想像としてムイシュキン公爵を想定していました。

　こうして、安吾の「白痴」をめぐって、太宰の「人間失格」、ドストエフスキーの「白痴」という、私にとって決定的とも言える二つの読書体験が共に生まれた、ということは、考えてみれば不思議な偶然です。しかも、そのきっかけになつた安吾の「白痴」そのものは、あまり私の青春に影を落としていない、ということも、奇妙な巡り合わせと言えるのかも知れません。

（「湘南文学」第二巻第二号　一九九四年七月）

匂いと臭い

過日、懇意の女性と椅子を並べて仕事の打ち合わせをしていた折に、ふと彼女が思い詰めた面持ちで「私の口、臭いますか？」と訊ねた。私は吃驚して否定したが、「じゃ、何故私がそちらを向く度に顔を背けるんですか？」と彼女に詰問されて、私はしまった！　と首を竦めた。私はこのごろ自分の口臭が気になって仕方がなく、人が自分の方へ顔を寄せて来ると、つい反射的に顔を背けてしまうのだ。私がしどろもどろになって、そのように弁解すると、彼女はやっとのことで諒解してくれたが、「でも、それって逆じゃないですか？　普通は相手の口臭を避けるもんですよ」と仕舞には失笑されてしまった。

私がそのように口臭を気にするようになったのは、その少し前、良い仕事をしている畏友の展覧会に顔を出した際、にこやかに出迎えた彼が、ずっと付き添って作品のそれぞれを丹念に解説してくれたのだが、その度に口臭がまともに私の顔に襲い掛かり、たじたじとなったことがあったからだ。しかし、それを指摘して善処を求めていいものかどうか、まだそれほど親密でもないしなあ、と私は迷いつつ、最後まであやふやな気分で辞去して来た。

それ以来私は、外出の前には歯を磨き、人に会う前には仁丹を口に含むようになった。ところが、最近或る小説を読んでいたら、中高年の登場人物のおぞましさの表現として「仁丹の臭いを振りまいて」という描写があった。あっ、と思った。仁丹の臭いは、中高年のおぞましさなんだ！　これはマズイ！　いい匂いだとばかり思っていた仁丹が、いつの間にか悪臭になっていた！　そういえば、いい匂いの代表である香水も、昨今は満員電車の中では迷惑なものとされているようだ。

そういえば、昔読んだ書籍には、スポーツ選手の描写として「香ばしい汗のにおい」などと言う言葉が良く出て来たように記憶するが、どうやら昨今は、汗臭さは口臭と共に諸悪の根源扱いで、消臭スプレーなどで徹底的に撲滅されているようだ。同じく嘗ては、例えば思春期の少女が、美しい年長のひとに、大人の女のにおいを感じて憧れる、なんていう記述が小説の中に見出されたりしたものだが、この頃は大人の女の体臭に憧れる少女なんてどうも居そうにない。

私は子供時代、よく祖母の買い物に付き合わされて訪れた乾物屋の、あのにおいが好きだった。しかし、あれも今では悪臭扱いになるのではなかろうか。なにしろ煎じ詰めればあれは乾燥した死骸のにおいだろうから。

だから私は、自分の文章の中に、においの話が出て来る度に、ここは「匂い」と書くべきか「臭い」と書くべきか、いつも一瞬迷ってしまうのだ。

（「潮」二〇一六年十一月号）

処刑と終活

読まない本はゴミか宝か？

我が家ではしょっちゅうこんな議論が交わされます。

「ウチにゃ、二度と読みそうもない本がぎっしり詰まった本箱がいくつもあるでしょう。何とかしてくださいよ！」

という連れ合いの要請から常にそれは始まります。

「本というものは読まなくても大事なものだ。あれはオレの宝だ」

と私は反論します。こうしてまたもや不毛な論争が始まるのです。蔵書といっても私の所には別に奇書や稀覯本があるわけではなく、古本屋へもって行っても二束三文にしかならないような駄本ばかりです。私にとっては、本そのものよりも、それを買ったり読んだりした時の自分とか、それに関連した思い出などのほうが掛け替えのないものなのでしょう。
「でもね、貴方が死んだら、あんなものを全部片づけなきゃならないのは私なのよ」
連れ合いはなおも言い募ります。言うなればいまや私の死後が問題になっているのです。これは終活問題なのです。終活とは、早い話が、人生の終末に近い老人が、自分の死後には遺族にとってゴミにしかならないような持ち物を、彼らの手間を省くために捨てることでしょう。

終活という言葉を見聞きすると、私が反射的に思い浮かべてしまう一枚の写真があります。それは嘗ての日中戦争時代に、日本軍占領地帯で中国人捕虜を写したものです。何人かの若者たちが並んでスコップやツルハシで地面に穴を掘っています。その周囲を武装した日本兵たちが取り囲み、銃口を突き付けて作業を見守っています。写真のキャプションには、この男たちはこの直後処刑され、自分の掘った穴に埋められた、とありました。これは私が今までに見たいちばんおぞましい写真です。自分の死体を埋める穴を自分で掘らされている人の思いを想像すると、私は居ても立っても居られない気持ちがしてきます。

私が思うには、もし終活というものが自分の死後の後始末の手間を省くために自分の宝を捨てさせられることだとしたら、それは自分の死後の手間を省くために自分を埋める穴を掘らされることとどこが違うのだろう。

そもそもゴミと宝とは、そんなに簡単に区別のつくものなのだろうか。万人共通の宝というものは確かにありますが、それはむしろ稀にしかないからこそ宝なのでしょう。むしろ、或る人にとっては宝だが他の人にとってはゴミでしかない、という場合の方が圧倒的に多いのは、周知のことなのではないでしょうか。終活で捨てられるゴミというものに、私がわだかまりを覚えてしまうのはそこなのです。後に残るものにとってゴミだからと言って、これから死んでゆく当人までが、自分の宝をゴミ扱いして捨てるのが果たしてそんなに立派なことなのだろうか？

勿論、当人が自発的に終活をやる分には当人の勝手で、私がとやかくいう筋合いのものではありません。しかし、後に残る者たちまでがこれから死ぬ当人に終活をやれと要求するのは……いわんやそれを立派なこととして世に広めようとする輩は、いったい前述の写真の日本兵たちと、どこがどう違うというのでしょうか？

「でもね、あなたが例えばお札に顔が載るほどの文豪だったら話は別だけど、あなたの程度じゃ、没後の資料なんて、誰も引き取り手はないわよ」

連れ合いは追い打ちをかけて来ます。私はひるみながらも、

「だから、俺が死んだら、そんなもんは誰にとっても宝でもなんでもなくなるんだか

ら、あとはゴミとして捨てようがどうしようが、それは一切構わないよ」

「……っていうことは、結局あれは全部私が片づけなけりゃならないってことなのね」

こうして話は振り出しに戻り、連れ合いは長嘆息します。うーむ、そう言われてみれば、現状と今後の見通しから見て、ほぼ確実にそういうことになるわけで、私はなんと返事をしていいやら困ります。


（「季刊文科」七三号　二〇一七年十二月）

海からの視線

短歌では歌枕というものがあります。俳句にも俳枕があるとは最近まで知りませんでしたが、でも初心者の私にも「荒海や佐渡に横たふ天の川」とか「辛崎の松は花より朧にて」「かたつぶり角振り分けよ須磨明石」「五月雨をあつめて早し最上川」など口ずさむ名句は幾つかあります。

それにつけても、俳句や短歌を詠む際に、特に海に関する名所について、私にはいささか気になることがあります。一頃海に凝りまして、漁師が使い古して手放した小型木造漁船を仲間と一緒に安く譲ってもらい、釣りを楽しんだ挙句、やがて皆でいちど船旅をしてみることになりました。そこで、一同は廃船寸前の網船で、平塚港から和歌山港まで、港々に寄港しながら、のんびり操船して行きました。

そんな折、痛感したことがあります。例えば、有名な伊勢の二見ヶ浦の沖合を航行した折、そろそろ名所の前を通りかかるぞ、と仲間全員が胸躍らせて期待していたのに、何時の間にか通り過ぎてしまっていたのです。かの名高い、注連縄で結ばれ二つの岩は、緑の陸影にめり込んでしまい、船上の誰の目にも見分けが付かなかったのです。

　こんなこともありました。別の機会でしたが、モータークルーザーで海から室津港を目指したことがあります。なにしろ「遊女発祥の地」です。きっと港にはそれなりの纏綿たる風情があるに違いない。こんな私の邪《よこしま》な空想は、見事に裏切られました。海から訪れた室津の街は、その目抜き通りが一斉に海にお尻を向けていたのです。おそらく通りの海側に店並みが増設されたせいでしょうか。上陸後確認したら、通りの店舗はそれぞれ垢抜けがして、いかにも観光地らしい風情でした。でも海から訪れると、いきなり店の裏側がずらりと並んでいるのです。日本の名所は、陸から観るものだったのです。

　陸から見る名所の風情には、その背後に常に存在する水平線が大きく貢献しているのではないでしょうか。でも海からそれを観ると、当然ながら水平線が見えません。それが恐らく景観に決定的なダメージを与えるのでしょう。

　ちょうどそれと反対の体験をしたことがあります。たまたま知己の計らいで横浜港を海から眺める機会に恵まれたことがあったのですが、陸上では、取り立てて印象的とは思えなかった税関の建物が、海から見たら俄然引き立って見えるのでした。また、湾口の外れ辺りにある小公園が、大きな貝殻のモニュメントなどが設けられて、海から見てもなかなか気の利いた風情でした。さすが、嘗て東洋一などともて囃された港町は、ちゃんと海からの視線が意識されているなと感服したものです。

その後、たまたま件の小公園に陸から立ち寄ってみたことがあるのですが、案外、せせこましくて何の風情もない、つまらない公園でした。どうも海からの視線と陸からのそれとは、なかなか両立しないようです。

ともあれ、海に因む歌枕には、おおむね海からの視点が欠落しているようです。「俳枕」については、私は詳らかにはしませんが、ともあれ、これからは作句には海からの視点が意識されるほうがいいのではないでしょうか。

（「群落」No.250　二〇一八年十月）

あとがき

　本書の中に「七十年目の機嫌」という拙文があります。「年寄りの仕事は機嫌良くしていることだ」という或るご住職のひとことから触発された感想ですが、折しも私が馬齢を重ね満年齢で米寿に達した、この年に因んで、それを捩ってこの書のタイトルにしてみました。

「児と老人訊いて無いのにトシを言う」（吉田エミ子）という川柳を見て、アア、この書の題名なんか、まさにそうだな、と憮然としてしまいました。

　この書が私の人生の八十八年目の機嫌を表現したものだとしたら、それは、かなり能天気なものだ、という事になりそうですね。

　ともあれ、この書の誕生の際の、新潟日報、公明新聞、神戸新聞、「ヨコハマ文芸」、「ＪＵＳＴ」らの関係者、冬花社の本多順子さん、装幀の大槻慎二さん、カバーのアイディアを考えてくれた連れ合い、その他の皆様のお力添えに深く感謝いたします。

二〇二〇年　初夏

宮原昭夫（みやはら　あきお）

1932年、神奈川県横浜市生まれ。66年、「石のニンフ達」で第23回文學界新人賞受賞。72年、「誰かが触った」で第67回芥川賞受賞。横浜文学学校、朝日カルチャーセンター小説教室などの講師をつとめる。

〔著書〕

『ごったがえしの時点』（1963年　七曜社）、『石のニンフ達』（1969年　文藝春秋）、『誰かが触った』（1972年　河出書房新社）、『あなたの町』（1972年　冬樹社）、『海のロシナンテ』（1975年　新潮社）、『早く買いすぎたベビー靴』（1977年　立風書房）、『さはら丸西へ』（1978年　角川書店）、『土と火の巫女』（1983年　福武書店）、『龍のいる海』（1989年　毎日新聞社）、『陽炎の巫女たち』（1992年　読売新聞社）、『海のドンキホーテ』（1992年　徳間書店）、『シジフォスの勲章』（2002年　河出書房新社）、『書く人はここで躓く』（2003年　河出書房新社）、『宮原昭夫小説選』（2007年　河出書房新社）、『宮原昭夫評論集』（2017年　言海書房）ほか

八十八年目の機嫌

発行日　二〇二〇年八月五日
著　者　宮原昭夫
発行者　本多順子
発行所　株式会社　冬花社
〒二四八―〇〇一三
神奈川県鎌倉市材木座四―五―六
電　話　〇四六七―二三―九九七三
ＦＡＸ　〇四六七―二三―九九七四
http://www.toukasha.com
印刷製本　シナノパブリッシングプレス

ISBN978-4-908004-41-4